데린쿠유

데린쿠유 1 (큰글씨책)

초판 1쇄 발행 2020년 3월 25일

지은이 안지숙
펴낸이 강수걸
편집장 권경옥
펴낸곳 산지니
등록 2005년 2월 7일 제 333-3370000251002005000001호
주소 부산광역시 해운대구 수영강변대로 140 BCC 613호
전화 051-504-7070 | 팩스 051-507-7543
홈페이지 www.sanzinibook.com
전자우편 sanzini@sanzinibook.com
블로그 sanzinibook.tistory.com

ISBN   978-89-6545-038-2 04810
       978-89-6545-037-5 (세트)

안지숙
장편소설

데린쿠유

큰 지하도시에 틀어박히면
어떤 위협에서도 무한정 멀어질 거야

산지니

차례

1권

아르바이트 할래? — 7

사라진 송찬우 — 35

왜 하필 나한테 — 57

버킷리스트 — 84

오래된 우물 — 115

2권

납치되다 — 7

세라의 사랑법 — 36

꽃을 뿌리다 — 69

뭐가 문제인지 모르겠어요? — 97

지하도시 데린쿠유 — 123

작가의 말 — 135

아르바이트 할래?

현수는 계단을 내려가면서 머리를 헝클었다. 다솜을 의식해서 머리를 감고 드라이어로 말리고 빗질까지 한 건 아니었다. 아닌데, 그렇게 보이기 싫었다. 방심했다간 또 안 감독한테 다솜바라기니 뭐니 하는 헛소리를 들을 수 있었다. 다솜은 안 감독의 헛소리를 농담으로 받아들이는 눈치였다. 현수도 농담으로 받아들이긴 했으나 피곤했다.

현수는 사소한 일에도 금방 피곤해졌다. 뚱뚱한 사람들은 아무래도 그런 경향이 있다. 같은 일을 해도 표면적이 넓어 에너지가 상대적으로 많이 소비되기 때문일 것이다. 에너지가 딸리면 상대적으로 스트레스를 많이 받기 마련이다. 언젠가 위키에도 그렇게 작성해 넣었다. 현수가 작성한 위키의 글을 읽고 누군가 편견이라고 여겼다면 비웃거나 수정을 했을 것이다.

2층 철공소 문 앞에 멈추어 선 현수는 배를 두드려 가스를 내보냈다. 속이 더부룩했다. 햄 때문이었다. 아침에 일어나보니 먹을 거라곤 식탁에 놓인 토스트 몇 장뿐이었다. 경술은 그걸 식사라고 던져놓고 또 근린공원에 나갔는지 보이지 않았다. 이번 주 집안일 당번은 경술이었다.

아들을 굶겨죽일 작정이군.

현수는 툴툴거리며 냉장고를 뒤졌다. 먹을 만한 게 햄 덩어리밖에 없었다. 전자레인지는 고장 났고, 프라이팬에 굽자니 귀찮았다. 결국 차가운 햄을 굽지도 않고 빵과 함께 꾸역꾸역 먹었다. 조금 남은 걸 냉장고에 도로 넣자니 번거로워 다 먹어치웠다. 그러지 말 걸 그랬다.

철공소 문을 열고 들어가면서 다솜이 앉아 있는 것을 곁눈질로 확인했다. 다솜의 자리는 화장실과 가까운 오른쪽 구석이었다. 자리가 화장실과 가깝다는 이유로 다솜은 다른 입주자들과 달리 회비를 10만 원만 냈다. 페이스북에서 입주자 구하는 글을 봤다면서 다솜이 철공소로 직접 찾아온 날 그렇게 하기로 했다.

"여자분이네요."

다솜을 본 순간 현수는 난색을 표했다.

"여자는 받지 않나요?"

"그건 아닌데, 화장실 옆자리라서요."

지난 4년간 화장실 옆자리에 여자가 한 달 이상 앉은 적이 없었다. 풀 네임이 철학공작소인 철공소는 애니메이션, 시나리오, 소설, 그림책, 웹툰 작업을 하는 사람들이 돈을 아끼기 위해 공동으로 사용하는 작업실이었다. 일 년에 한 번 제비뽑기를 해서 자리를 정했는데, 화장실 옆자리에 여자가 걸리면 며칠 후 슬그

머니 자리를 뺐다.

"잠시만요."

다솜이 안으로 불쑥 들어서는 바람에 현수는 뒤로 물러섰다.

"저 자린데요. 누가 화장실 사용하면 소리가 좀……."

"저기 앉으면 회비 깎아주나요?"

그게 작년 11월 둘째 주였으니 석 달 전이었다.

회비를 3만 원 깎고 들어온 다솜은 일주일도 안 돼 철공소를 평정했다. 입주 닷새 만인 목요일 오전, 철공소 단톡방에 다솜의 글이 올라왔다. '행동방침 공지'라는 제목까지 버젓이 달린 글이었다.

첫째, 통화는 반드시 건물 계단을 내려가 출입문 밖에서 합니다.

둘째, 음악은 각자 이어폰을 통해서만 듣습니다.

셋째, 한 달에 한 번 모두가 참석 가능한 날을 골라 회식을 합니다.

세 가지 행동방침을 입주자 전원이 확인한 뒤에도 답글이 붙지 않았다. 평균연령 30대 초중반인 입주자들에게 다솜이 시건 방진 막내로 찍힐까 봐 현수는 내심 걱정스러웠다. 그렇다고 관리자인 자신이 섣불리 나설 수는 없었다. 철학공작소, 일명 철공소라는 작업실 별칭부터 스물네 시간 문을 열어둔다는 원칙까지, 지난 4년간 철공소의 기본 운영방침은 입주자들이 스스로 정했다. 오후 내내 정적이 흐르던 채팅방에 안 감독의 답

글이 올라왔다.

—그럽시다. 첫째 둘째는 규칙이 아니고 기본이지요. 세 번째 회식 건은 찬성!

현수는 소심한 가슴을 쓸어내렸다.

—셋 다 접수. 회식 날짜는 몇째 주 무슨 요일에 하면 좋을까요?

박은주가 회식에 적극적으로 반응했다. 다솜이 들어오기 전까지 유일한 여자여서 불편한 게 있었던지 박은주는 다솜이 들어온 것을 반겼다. 현수는 안 감독과 박은주를 비롯해서 당돌한 신참을 수용해준 입주자들이 고마웠다. 물론 더 고마운 건 다솜이었다.

그즈음 작업실 분위기가 다소 시끄럽고 산만하긴 했다. 분위기가 자유롭고 편하다고 무조건 좋은 게 아니었다. 입주자들이 예술 하는 사람들이라 자유로운 분위기가 좋긴 한데, 그게 또 지나치면 작업이 안 된다며 자리를 빼는 사람이 나왔다. 입주자가 빠져나가면 누군가 그 자리를 채울 때까지 현수의 용돈이 줄었다.

양명대교 건너편 K디지털역 근처에 '소오강호'니 '아트앤스터디'니 하는 최신식 공동 작업실이 생기면서 입주자를 구하는 게 예전 같지 않았다. 작업실 위치를 묻는 질문에 양명시 원천동이라고 대답하면 다음에 연락하겠다며 전화를 끊었다. 원천동은 일상생활권이 서울시에 걸쳐 있을뿐더러 K디지털역에서 도보로 15분 거리라고 강조해도 심리적으로 멀게 여기지는 듯했다. 경술은 생활비와 현수의 용돈을 1층의 일층치킨과 2층의 공동 작업실 월세로 해결했다. 경술철학원으로 찾아오는 사람들에게서 받는 돈은 따로 꿍쳐두었다.

아무튼 그날 이후 철공소에 흐르던 음악소리와 통화소리가 사라졌다. 매달 마지막 주 수요일에 하기로 결정된 회식은 작년 11월과 12월, 그리고 지난달까지 세 차례 빼놓지 않고 했다. 세 번째 회식 날 다솜은 철공소에 쓰나미급 충격을 몰고 왔다.

―이번 달부터 회식 회비는 내지 않아도 됩니다. 남은 공용회비로 충당!!

다솜이 단톡방에 올린 글을 맨 처음 읽은 박은주가 벌떡 일어나서 외쳤다.

"회비가 남았다고?"

이 놀라운 사실 앞에 사람들은 다들 입을 다물지 못했다. 철공소에서는 매달 만오천 원씩 회비를 내서 공용으로 사용했는데, 돈이 남은 전례가 없었다. 회식 회비를 거두지 않은 그날 저녁 공용탁자에는 저번 달과 마찬가지로 반반치킨 하나와 귤과 땅콩과 아몬드, 1.6리터 맥주 페트병이 네 개 놓였다. 각자 먹다 남은 과자며 빵 쪼가리를 있는 대로 갖다놓아서 회식자리가 푸짐했다.

"그러니까 이걸 공용회비에서 남은 돈으로 샀다는 거잖아?"

경이로운 눈으로 쳐다보는 사람들을 둘러보며 다솜이 닭다리

하나를 집어 들었다. 신참 막내가 감히 닭다리를… 하는 표정으로 다솜을 쏘아본 건 남자 막내인 웹툰뿐이었다.

"당연한 거 아니에요?"

다솜은 단단해 보이는 이로 닭다리를 뜯으며 말했다. 앞니 두 개가 유난히 큰 다솜의 작은 얼굴은 애니메이션에 나오는 성깔 있는 토끼를 연상시켰다. 반반치킨 하나를 너끈히 먹어치울 수 있는 현수는 땅콩과 아몬드만 얌전히 씹었다. 회비 없는 회식을 이뤄낸 '능력자 다솜'을 칭송하는 사람들과 달리 현수는 놀라지 않았다. 남들 몰래 수줍어하며 다솜을 눈여겨봤기 때문에 공용회비가 어떻게 절약되는지 알고 있었다.

다솜은 철공소에 필요한 게 있으면 슬리퍼를 끌고 길 맞은편 편의점으로 가는 입주자들하고는 자세부터 달랐다. 다솜은 철공소에서 가장 많이 소비되는 화장지와 커피를 옥션이나 위메프에서 구매했다. 주말특가 기간에 할인쿠폰을 사용해서 결제한 영수증 금액은 편의점 가격의 절반 정도였다. 12월 초, 다솜이 정수기를 들여놓으면서 물처럼 빠져나가던 생수 비용이 대폭 절약됐다. 프린트기 토너를 교체할 시점에서 무한리필로 바꾸는 용단을 내린 것도 다솜이었다. 아무도 거들떠보지 않아 비닐을 뒤집어쓴 채 굴러다니는 여행잡지와 시사주간지를 끊은 것은 말할 필요가 없다.

다솜은 명실상부 철공소의 총무였다. 관리자로서 총무 일을 하는 다솜에게 밥을 한 끼 사야 되는 거 아닐까. 현수는 진작부터 생각했다. 밥을 산다면, 가볍게 사는 점심보다 맥주도 한 잔 곁들일 수 있는 저녁이 나왔다. 그런데 저녁 시간에 다솜과 둘이서 나가면 안 감독이든 누구든 반드시 같잖은 농담을 던질 것이고, 현수는 피곤해질 거였다. 역시 점심을 사는 편이 낫겠다고 현수는 생각했다. 계속 생각만 했다. 110킬로의 살덩어리로 존재하는 스물여덟 살의 남자가 스물다섯 살의 예쁘고 귀여운 그림책 작가에게 밥을 먹자고 말을 거는 건 쉬운 일이 아니었다.

방한용 조끼를 입은 다솜이 자리에서 일어섰다. 겨울 내내 입고 다니는 방한용 조끼 차림의 다솜은 여고생 같기도 하고 어린 새댁 같기도 했다. 머그잔을 들고 정수기 쪽으로 가는 다솜을 쳐다보다가 현수는 고개를 숙였다. 파티션 위로 솟은 정수리 부분에 다솜의 눈길이 느껴졌다. 다솜에게 자신이 묵직한 햄으로 보일지 모른다는 불안이 목덜미에 앉은 살처럼 현수를 눌렀다.

햄(Ham)은 돼지 뒷다리살의 영어식 표현이다.

현수는 '햄'의 사전풀이를 읽고, 검색창에 질문을 써넣었다. 햄은 무엇으로 만드나. 원료를 묻는 질문을 던졌는데 햄이 만들어지는 과정에 대한 글이 맨 위에 떴다. 클릭하자 햄 공장을 견학하고 쓴 블로거의 글이 열렸다. 거대한 냉장고 같은 원료

창고에서 방진복을 입은 직원들이 돼지앞다리를 손질하는 장면이 사진으로 올라와 있었다. 블로거가 잘못 본 게 아니면, 오늘 아침에 너무 많이 먹어서 속을 더부룩하게 만든 햄은 돼지 뒷다리살로 만든 것일 수도 있고, 돼지 앞다리살로 만든 것일 수도 있다. 현수는 위키로 들어가서 햄을 검색했다.

돼지 뒷다리살로 만드는 가공 보존식품도 햄(Ham)이라고 한다. 돼지 뒷다리살을 통째로 소금에 절여서 훈연해 겉을 익힌 뒤 통풍이 잘 되는 건조한 곳에서 발효시켜 만든다.

흠, 현수는 고개를 끄덕이곤 햄의 대문자를 구글 검색창에 적어 넣었다. 돼지 뒷다리살로 만드는 가공 보존식품'도' 햄(Ham)이라고 했으니, 다른 햄(Ham)을 검색해보는 거였다. 눈에 걸리는 대목이나 문장, 단어를 잡아서 다음 검색으로 넘어가는 게 현수가 시간 때우기로 하는 놀이였다.

아마추어 무선(영어: Amateur Radio; HAM)은 직업이 아닌 취미 활동으로서 무선 통신을 즐기는 취미이다. 아마추어 무선은 햄(HAM)이라고도 하며, 아마추어 무선사도 햄(HAM)이라는 별명으로 불린다.

아마추어 무선통신의 역사 항목을 읽으려는데 배가 사르르 아팠다. 사르르 하고 지나가는 뱃속의 진동이 심상찮았다. 현수는 마우스를 놓고 일어섰다. 먹으면서도 햄 맛이 이상하다 싶었다. 뱃속에서 나는 소리는 설사를 예고했고, 철공소 화장실을 쓸 수는 없었다. 화장실 벽을 등지고 다솜이 앉아 있었다.

현수는 항문에 힘을 주고 조심스러운 걸음으로 철공소를 나왔다. 계단을 올라가 3층 현관문을 열었다. 거실에서 경술과 테이블을 사이에 두고 앉은 여자가 현수를 돌아보았다. 인사말을 웅얼거리며 현수는 화장실로 들어갔다. 여자는 낯이 익었다. 친척인가. 평소 경술은 사주 보러 오는 사람들을 방으로 데리고 들어갔다. 바지를 내리고 변기에 엉덩이를 걸치는 순간 어떤 장면이 머리를 스쳤다. 희미하게 감지되는 기억의 소음이 미세먼지처럼 부유하는 이 느낌은… 뭐지. 현수는 눈앞을 노려보다가 우렁찬 소리를 내며 설사를 했다.

물 묻은 손을 바지에 닦으면서 나오는 현수를 경술이 불렀다. 뭔가 못마땅한 듯한 표정이 잔소리의 조짐 같아 현수가 선수를 쳤다.

"아버지, 화장실에 수건이 없어요."

"없으면 네가 세탁기를 좀 돌리지 그랬냐."

경술이 현수에게 한마디 하고는 여자에게 반말로 말했다.

"집사람이 집에 없으니 꼴이 이렇다."

이번 주 집안일 당번은 아버지거든요. 어이가 없다는 표정으로 쳐다보는 현수의 눈길을 무시하고 경술이 말했다.

"인사해라, 세라 고모다."

웬 고모? 묻는 눈길로 현수는 여자를 보았다. 여자는 심하게 말라서 어디가 아픈 사람 같았다.

"아들놈인데 취업 준비를 하는 중이야."

여자가 잠자코 현수를 보았다. 현수도 입을 다문 채 고개를 꾸벅 숙였다.

"나가봐라. 점심은 나가서 먹고."

경술이 손을 들어 현수를 내쫓는 시늉을 했다.

"바지 좀 갈아입고요."

현수는 두 사람 곁을 지나 방으로 들어왔다.

"둘째아들인가 봐요."

방문을 열던 현수는 멈칫했다.

"첫째가 명수였죠? 첫돌 때 수건 받은 거 기억이 나요."

경술의 가슴에 칼을 꽂는 말이었다. 복임이 있었다면 복임의 가슴도 아프게 찔렀을 것이다. 경술과 복임은 아파도 아픈 내색을 하지는 않을 것이다.

"자네는 어디 직장에 나가나?"

경술이 말을 돌렸다.

"조그만 사무실에 나가고 있어요. 이제 그만두려고요."

"보자, 나보다 10년 밑이니 올해 쉰둘인가. 아직 나이도 있는데 계속 다니지 왜."

방바닥에 있던 만화책을 주워 침대에 걸터앉던 현수는 열린

문틈으로 여자를 힐긋 보았다. 여자가 고개를 현수 쪽으로 돌렸다. 여자가 현수한테 눈길을 둔 채 경술에게 말했다.

"할 일이 좀 있어요. 죽기 전에 할 일은 하고 죽어야죠."

여자의 목소리는 약간 쉰 듯한 저음이었는데, 현수는 잠깐 복임의 음성으로 착각했다. 음성이 아니라 뚝뚝한 톤이 복임의 말투를 연상시켰다. 현수는 복임의 말투를 좋아하지 않았다. 어렸을 때부터 그랬다. 높낮이가 없이 띄엄띄엄 이어지는 복임의 말투는 마음을 불안하게 했다. 복임은 자신의 아들이 엄마의 목소리에 불안을 느낀다는 것을 몰랐다.

경술과 복임은 둘이서 불행을 감당하기 위해 벽을 세웠는데 아들이 그 벽 속에 갇힐 수 있다는 생각은 못했다. 남들이 볼 때 현수는 그저 순하고 만사태평하고 살이 찐 아이였다. 부모나 친구에게 바라는 게 별로 없었고, 공부나 운동을 잘해내려는 욕심이 없었다. 교실에서도 운동장에서도 있는 듯 없는 듯 존재감 없이 굴었다. 먹을 거 앞에서는 좀 달랐다. 점심시간에 제 몫의 급식을 적극적으로 많이 챙기는 현수를 보고 한 아이가 똥돼지라고 불렀고, 똥돼지란 말이 현수의 체형과 어울리는 바람에 주위에 있던 아이들을 크게 웃겼다. 그날 이후 현수는 종종 똥돼지로 불렸다.

무디고 미련스럽고 살진 똥돼지의 이미지는 이후 현수가 재단해서 깎은 든든한 방패가 되었다. 똥돼지, 라고 할 때 사람들이 가지는 편견 덕분에 현수는 쉽게 열외로 비켜서거나 물러날

수 있었다. 자존심을 죽이고 고립감에 익숙해지면 열외라고 나쁠 것도 없었다. 성장하면서 똥돼지라는 방패는 오래된 둑처럼 자연스러워졌다. 방패 뒤에 숨어서 현수는 살의를 품고 욕을 하고 꿈을 꾸고 자위를 했다. 방패가 만병통치는 아니어서 지병처럼 마음 한구석을 차지한 불안은 어쩌지 못했다. 그 불안이 원망이나 분노 때문만은 아니었기 때문에 더 큰 불안이 현수를 에워쌌다. 겹겹이, 높이 에워싼 불안의 벽은 땅 밑으로 뿌리를 박아 현수의 방패와 함께 그를 삼키듯 가두었다.

"그게 뭔데?"

거실에서 경술의 목소리가 들렸다.

"그 애한테 해줄 게 있다니, 그게 뭔가 말이다."

경술의 말에 적의가 묻어났다. 경술의 저런 말투는 낯설었다. 경술도 그렇고 복임도 그렇고 두 사람은 현수가 듣는 데서 목소리에 날을 세운 적이 거의 없었다. 경술과 복임은 서로에게 화를 내거나 언성을 높이는 것이 현수에게 폭력이 될 수 있다고 여겼다. 현수는 만화책을 건성으로 넘기며 거실에 귀를 기울였다.

"오라버니도 참, 제가 이제 와서 무슨 욕심을 부리겠어요?"

여자가 한발 물러서는 기색으로 말했다. 오라버니, 라는 말이 낯설기도 하고 우습게 들렸다. 두 사람은 오래전부터 잘 아는 사이 같았다. 고모라고 했지만 친척이 아닌 건 분명했다.

혹시 아버지 첫사랑인가.

현수는 침대에 몸을 뉘고 히죽 웃었다. 첫사랑이라는 말을 떠올리자 다솜이 눈앞에 어른거렸다. 고무줄로 머리를 동여맨 다솜은 입을 살짝 벌린 채 모니터를 보고 있었다. 다솜의 입술이 달싹였다. 다솜은 태블릿에 선을 그으면서 종종 그림책 대사를 중얼거렸다. 다솜의 입속말을 현수는 들을 수 있었다.

현수 씨.

현수 오빠.

현수야.

현수.

현수, 그냥 현수가 좋았다. 현수, 하고 부르는 다솜의 목소리를 상상하자 마음이 달떴다. 현수는 침대에서 벌떡 일어나 트레이닝 바지를 집어 들었다.

*

뭐야, 좀 기다려 주지.

철공소로 내려온 현수는 혀를 찼다.

점심 먹으러 가는 데는 뻔했다. 송화관 아니면 대원분식에 몰려가 있을 것이다. 알지만, 뒤쫓아 가기는 뻘쭘했다. 다솜이 아르바이트 때문에 오후에 나오는 날은 사람들과 어울리지 않고 따로 점심을 먹을 때가 많았다. 현수가 주로 가는 데는 원천지하철역 근처 맥도날드였다. 맥도날드를 제치고 사람들을 뒤쫓아 갔다간 순정남 스토커니 뭐니 하는 지겨운 말을 듣게 될 것이다. 현수는 가볍게 한숨을 쉬고 즐겨찾기를 해놓은 사이트로 들어갔다.

새로 올라온 웹툰은 별로 재미가 없었다. 베스트 가운데 못 본 웹툰 하나를 결제해서 처음부터 끝까지 정주행했다. 재미가 없지도 않은데 흡족지 않았다. 뭔가 미진한 것이 마음이 싱숭생숭했다. 한바탕 설사를 해서 그런지 속도 허전했다. 현수는 자리에서 일어나 창가로 갔다. 창을 열고 고개를 내밀어 길거리를 찬찬히 살핀 뒤 화장실 쪽으로 발을 뗐다. 슬렁슬렁 걸어가다가 다솜의 책상에서 조금 떨어져 섰다. 뭔가 생각거리가 떠오른 듯 이마를 톡톡 두드리던 손을 뻗어 다솜의 태블릿을 슬쩍 건드렸다. 태블릿 화면과 노트북 모니터가 동시에 밝아지며 나무늘보가 나타났다.

모니터상의 나무늘보는 나뭇가지에 거꾸로 매달려 흡족한 미소를 띠고 있었다. 오른쪽 페이지에는 덩치가 훨씬 큰 나무늘보가 부지런히 나뭇잎을 따먹는 중이었다. 거꾸로 매달린 나무늘보와 나뭇잎을 따먹는 나무늘보의 색상이 달랐다. 현수는 모니터 화면을 넘기면서 캐릭터를 구경했다. 다솜이 그리는 캐릭터는 나무늘보든 돌고래든 고양이든 다솜을 닮았다. 선이 선명하고 깔끔한데, 전체 색감은 밝고 부드럽고 따뜻했다. 이번 작업에서는 나쁜 습관을 가진 동물 캐릭터들이 등장하는 모양이었다.

화면을 다시 옆으로 젖히자 돼지가 나왔다. 식탁에 앉아 음식을 먹는 돼지였다. 오른쪽 페이지에는 간이수영장에서 노는 아이들이 있었다. 아이들이 수영을 하느라 비운 탁자에서 배가 두둑룩한 돼지가 양손에 든 햄버거와 피자를 입에 넣고 있었다. 얼굴이 화끈했다. 제자리로 돌아오는데 설마, 하는 생각이 뒤통수를 치면서 따라왔다. 설마 나를 모델로 해서 그린 건 아니겠지. 현수는 정말이지 아니길 바랐다. 갑자기 배가 고파왔다. 놀랄 일은 아니었다. 감정의 동요는 늘 허기를 불렀다.

집에 올라가 봐야 먹을 거라곤 토스트용 식빵뿐이었다. 손님 앞에서 체면이 있지 경술이 밥을 해놓았을 리 없다. 현수는 계단을 내려가 지하철역 쪽으로 걸었다. 원천역까지 도보로 걸리는 시간은 15분이 채 안 됐다. 맥도날드 원천역점에 걸어갔다가 걸어오는 게 현수가 하는 유일한 운동이었다.

이런 젠장.

맥도날드 앞에서 현수는 혀를 찼다. 트레이닝 바지로 갈아입으면서 바지 주머니에 있던 카드지갑을 깜박한 게 생각났다. 주머니를 뒤지자 500원짜리 하나, 100원짜리 두 개가 나왔다. 800원짜리 아이스크림 한 개도 사 먹을 수 없었다. 혹시 철공소 사람이 와 있나, 유리문으로 맥도날드 안을 살피는데 누가 현수를 불렀다.

"여기서 뭐하니?"

돌아보니 집에서 봤던 여자, 세라가 서 있었다.

"햄버거 먹을래?"

현수의 대답을 듣지도 않고 세라가 맥도날드 안으로 들어갔다. 현수는 옆으로 지나가는 세라를 멀뚱히 보다가 따라 들어갔다.

"말 안 시킬 테니 편하게 먹어."

바닐라셰이크와 더블1955버거 세트를 받아 와서 앉자 세라가 말했다. 세라에게 카드를 돌려주고 현수가 자세를 잡았다. 아까운 속 재료를 흘리지 않고 먹으려면 호흡과 자세가 중요했다.

"잘 먹겠습니다."

턱 밑에 햄버거를 받쳐 들고 현수는 예의를 차렸다. 세라가 희미하게 웃음을 내비쳤다. 현수는 숨을 들이쉬었다가 멈춘 상태에서 한입 크게 햄버거를 베어 물었다. 양볼을 불룩거리면서 햄버거를 씹는 현수를 세라가 물끄러미 보았다. 현수는 입속에 든 것을 삼키고 나서 말했다.

"얘가 비싼 만큼 재료가 장난 아니에요. 맛있는 재료는 죄다 들어가 있어요."

세라가 흥미롭다는 표정을 지었다.

"맥도날드가 처음 생긴 해가 1955년이잖아요. 그때 맛을 그대로 살려보겠다고 내놓으면서 이름도 1955버거라 지었죠. 몇년 전에 한정메뉴로 나왔는데, 무려 500만 개 이상이 나갔어요. 덕분에 정식메뉴로 안착했는데, 다행이죠. 먹어보면 알아요. 이

소고기 패티가 고기 맛도 남다른데 두께까지 흐뭇하잖아요. 뭐든지 오리지널에 가까운 맛이 진리예요."

현수는 위키에 직접 작성해 넣었던 내용을 읊었다. 처음 만난 사람 앞에서 이런 식으로 잘난 척을 하는 건 드문 일이었다.

"별걸 다 외우네. 머리가 좋은가 보다."

세라가 칭찬을 했다. 빈정거리는 기색이 아니어서 현수는 사실대로 말했다.

"위키에 맥도날드 베스트 파이브를 작성한 적이 있거든요."

"위키? 그게 뭔데?"

위키에 관심이 있는 건지 현수에게 관심이 있는 건지 세라가 경청하는 자세로 현수를 보았다.

"백과사전 비슷한 건데요. 눈에 보이는 모든… 아니지, 눈에 보이는 거든 보이지 않는 거든 우리가 인식하고 감지하는 모든 내용을 문서로 작성해놓은 사전이에요. 일반 사전처럼 완결된 건 아니고 계속 수정이 진행 중인 웹상의 사전이죠."

세라는 무슨 말인지 못 알아듣겠다는 시늉을 했다.

"음, 가령 맥도날드, 바닐라셰이크, 첫사랑, 명리학… 이런 것들에 대해 누구든 위키 안에 하나의 항목으로 서술을 할 수가 있다는 거죠. 사람들은 일반 사전처럼 그걸 읽고 참고를 하는데, 내용이 부족하다거나 사실과 다른 게 발견되면 그걸 발견한 사람이 자유롭게 내용을 수정할 수가 있어요. 그리고 만약 내용 중에 '맥도날드'라는 단어가 들어 있으면요. 이 단어를 클릭하는 순간 누군가 '맥도날드'라는 항목으로 작성한 문서를 볼 수 있어요. 한마디로 웹상에서 집단지성의 힘으로 만들어가는 백과사전이라고 보면 돼요."

"누구나 들어가서 글을 쓸 수 있어?"

"네, 아무나 들어가서 글을 쓸 수 있고, 사진을 올릴 수 있어요. 수정 편집도 가능하고요. 서로 만난 적도 없고 본 적도 없는 사람들끼리 같은 항목을 완성해가는 건데, 예술이죠."

현수가 예술이라고 감탄하는 위키의 시스템을 완전히는 아니어도 대충 이해를 했다는 듯 세라가 고개를 끄덕였다.

"해작질을 하는 사람도 있겠다."

"있겠죠."

수긍하면서 현수는 다시 햄버거를 크게 베어 물었다. 두 입 만에 탱크만 한 1955버거가 반 동강이 났다.

"먹고 모자라면 더 먹어."

"저기, 뭐 좀 안 드세요?"

"햄버거 먹으면 소화가 안 돼."

세라는 바닐라셰이크를 집어 들어 한 모금을 마시고 나서 말을 계속했다.

"그리고 저기, 라고 부르지 말고 고모라고 해. 현수 아버지가 나한텐 오라버니 같은 사람이야."

현수는 햄버거를 베어 물며 고개를 주억였다. 입가에 희미한 웃음기를 띠고 쳐다보는 세라의 눈길이 약간 거슬리긴 하는데,

신경을 끊었다. 한심하고 미련해 보이는 게 나쁜 것만은 아니었다. 세상살이에 덴 적이 있는 사람들은 덜떨어진 데가 있는 현수를 순진한 쪽으로 봐주기도 했다. 예전에 지하실에 사무실을 차렸던 장씨 아저씨가 그랬다. 현수가 보기에 세라도 세상살이에 덴 적이 있는 사람 같았다.

"학교는 졸업했다며? 군대는 갔다 왔어?"

현수는 기름이 번질거리는 포장지를 뭉쳐서 트레이에 내려놓고 말했다.

"4년 전에 제대했어요."

"그래? 그렇게 안 보이는데… 직장을 빨리 구해야겠네."

세라가 새삼스러운 눈으로 현수를 보았다.

"전자통신회사 한 달 다니다 때려치웠어요. 조직생활은 적성이 아니라서… 철공소에서 짱박혀 지내는 게 체질에 맞아요. 군대도 공익 떨어지지 않았으면 군필 어려웠을걸요."

무슨 복인지 현수는 공익 중에서도 꽃 중의 꽃이라는 동사무소에서 복무했다. 그리고 4년째 철공소의 형광등을 갈고 화장실을 청소하면서 명색 건물관리라는 것을 하고 있었다. 그래봐야 아버지한테 용돈 받는 백수였다.

"철공소가 뭐하는 덴데 거기서 짱박혀 지내?"

"철학공작소요. 우리 건물 2층에 있는 공동 작업실이에요."

"철학공작소라면, 거기서도 사주를 보나?"

"그 철학 말고요. 철학적으로 생각하는 사람들의 공동 작업실이라는 뜻이에요."

"철학적으로 생각하는 사람들… 멋있네."

세라가 철공소의 이름을 음미하듯 중얼거렸다.

"사람이라면 철학적으로 생각을 해야지. 내가 그걸 못 해서 사람답게 못 살았어."

세라의 뜬금없는 고백에 뭐라고 대답해야 할지 몰라 현수는 잠시 볼을 부풀리고 있다가 말했다

"우리 경술영감이 착해요. 직장 없으면 다들 사람 취급 안 하잖아요. 근데 제가 컴퓨터 앞에 종일 죽치고 있어도 별로 화 안 내요."

"알아, 착한 분이지."

세라가 고개를 끄덕였다.

"젊을 때 서울에 있는 〈곰소출판사〉라는 데서 경리를 했거든. 현수 아버지가 출판2부 팀장이었는데 동향이라고 많이 챙겨주셨어. 내가 정말 힘들었을 때 도와주시기도 했고…….."

추억에 잠겼던 세라가 가볍게 손을 마주쳤다.

"아참, 아르바이트 한번 해볼래? 출근할 필요는 없고, 그 철공소라는 데서 할 수 있는 일인데."

현수는 고개를 이쪽저쪽으로 꺾고 어깨를 움찔거렸다. 일을 해보라는 소리에 자동적으로 몸에서 거부반응이 일었다. 내키지 않은 표정으로 쳐다보는 현수에게 세라가 신용카드를 다시 건넸다.

"얘기가 좀 길어. 1955든 2955든 먹고 싶은 만큼 주문해서 먹어."

"감사합니다."

현수는 카드를 넙죽 받아 들고 일어섰다. 세라가 웃는 티를 내지 않으려는 듯 입술을 안으로 말았다. 현수는 자신이 둔감한 게 아니라 사실은 좀 뻔뻔한 타입이라는 것을 사람들이 왜 눈치를 못 채는지 의아했다. 혹시 알고도 모른 척하는 건가. 카운터 앞에서 현수는 세라를 돌아보았다.

세라는 꼿꼿한 자세로 앉아 눈을 감고 있었다. 피곤해서 눈을 감고 있는 게 아니라 뭔가 눈앞에 어른거리는 것을 피하려는 사람 같았다. 눈을 질끈 감은 채 찡그린 얼굴이 흉해 보였다. 현수는 햄버거를 받아 들고 나서도 세라의 얼굴이 원래대로 돌아올 때까지 미적거리다가 자리로 돌아왔다. 현수가 두 번째 갖고 온 더블1955버거의 마지막 조각을 삼키고 나자 세라가 입을 열었다.

"아르바이트 말인데."

세라는 머뭇대지 않고 본론을 꺼냈다.

"보수는 두둑이 줄게."

현수는 눈을 끔벅이며 세라를 바라보았다. 뭐랄까. 섬뜩하지는 않았다. 그냥 뭔가 불편하고 낯선 느낌이 세라한테서 느껴졌다.

"어떤 일인데요?"

아르바이트는, 아마도 하지 않겠지만 현수는 예의상 물었다. 햄버거를 두 개나 먹어치운 데다 무슨 아르바이트이기에 별 능력도 없는 자신을 붙들고 제안하는지 궁금했다.

"어떤 사람 실체를 밝히는 일이야. 요새는 SNS인가 뭔가가 있어서 인터넷에 올려놓으면 삽시간에 퍼진다며?"

세라가 말했다. 좀 전까지 눈을 질끈 감고 인상을 쓰던 사람이 맞나 싶어 현수는 세라를 다시 보았다. 세라는 잠깐 사이에 생기가 넘쳤다. 왜소한 몸집 때문에 어딘지 아슬아슬하던 인상이 달라 보였다.

"내가 컴퓨터가 서툴러서 그래. 글 쓰는 것도 그렇고, 어디로 들어가서 어떻게 올리는지도 몰라. 현수가 그 사람의 실체를 밝히는 내용을 써서 SNS에 올려줘. 요즘 젊은 애들, 그런 거 잘하잖아."

현수는 콜라로 입가심을 하고 나서 물었다.

"그 사람이 누군데요?"

"이번 선거에 양명시 시장 예비후보로 나온 사람이야. 누군지 알겠지?"

현수가 고개를 가로저었다.

"몰라?"

"정치에 관심이 없어서……."

정치 관련 기사는 현수가 즐겨 보는 내용이 아니었다. 근로소득세를 내지 않고 살아서 그런가, 누가 권력을 잡고 누가 얼마를 해먹는지 따위 궁금하지 않았다. 세라가 두 팔꿈치를 탁자에 대고 현수 가까이 몸을 기울였다.

"그 사람 이름은 송찬우야."

"양명시 시장 예비후보요?"

"며칠 전 예비후보로 출마 인터뷰 하는 걸 뉴스에서 봤어. 가족과 함께하는 삶을 내세우더라. 웃기지도 않지."

세라가 딱딱한 표정으로 이죽거렸다.

"왜요, 가족과 함께하는 삶. 좋은데요."

현수가 말했다.

"송찬우는…….".

세라가 눈을 가느스름하게 뜨고 눈앞을 노려보았다. 현수를 보는 것 같지는 않았다.

"그 말을 해서는 안 되는 사람이거든. 가족과 함께하는 삶 같은 말은."

세라의 목소리가 조금 떨렸다.

"당선되는 데 필요하면 무슨 말을 못해요."

현수의 말에 세라가 성급히 고개를 저었다.

"나랏일 하겠다고 나서면서 가짜 간판을 내걸어서야 되겠어?"

"간판… 슬로건이요?"

"그래, 슬로건. 슬로건에는 내가 이것만은 지키고 살았다, 하는 그런 게 담겨야지. 신념이나 가치 같은 거. 아까 현수가 말한 철학 같은 거 말이야. 가족의 소중함하고는 거리가 먼 사람이 가족과 함께하는 삶을 내거는 건 사람들을 속이는 짓이야. 그것만으로도 후보 사퇴감이지."

그건 아닌 것 같았지만, 현수는 입을 다물었다.

"아무튼."

단호하게 말을 꺼낸 세라가 잠시 호흡을 고르고 나서 말을 이었다.

"아무튼 현수는 송찬우에 대한 글을 써서 양명시민들이 볼 수 있도록 해주면 돼. 한 네댓 번 정도, 현수가 봐가며 알아서 올리면 돼."

"생판 모르는 사람에 대해 제가 무슨 글을 어떻게 써요."

"조사를 하다 보면 송찬우가 어떤 사람인지 알게 될 거야."

송찬우가 어떤 사람인지 알아가고 싶은 마음이 현수는 전혀 없었다. 사람이든 뭐든 검색부터 하고 보는 현수지만 현수는 탁자에 놔둔 휴대폰을 쳐다보지도 않았다. 양명시 시장후보는 검색하는 것조차 귀찮을 정도로 진부한 항목이었다. 그보다는 세라가 송찬우라는 후보의 실체를 드러내려는 이유가 궁금했다.

"시장 후보한테 무슨 피해 당한 거 있어요? 어떻게 아는 사이데요?"

"그 사람하고 나는… 딱 잘라 말하기가 참 그러네."

어떤 사이라고 잘라 말하기 힘든 경우라면 뻔하다.

"연인 사이였어요?"

치정다툼으로 후보사퇴. 현수의 머리 위로 말주머니 하나가 두둥 떠올랐다.

"오래전에 극단에 있으면서 친해진 사이인데……."

"연극 하셨어요?"

세라는 외모나 성격이 연극무대에 섰을 사람 같아 보이지 않았다.

"그 사람이 내 돈을 떼먹고 달아났어."

세라가 말했다.

"돈을 떼먹었다고요?"

세라는 고개를 한번 끄덕이고 팔짱을 꼈다. 팔짱을 꼈다기보다 한기가 드는 사람처럼 자신의 몸을 감싸듯 팔을 둘렀다.

"어, 그렇다면 문제가 달라지죠. 언제 그랬어요?"

"좀 됐어. 이십육 년쯤 됐나."

"헐."

26년이면 현수가 살아온 전 생애와 거의 맞먹었다.

"떼먹은 금액이 얼마예요? 많아요?"

"2천만 원. 내가 살고 있던 집 전세금이었어."

현수는 자신이 태어나던 무렵 2천만 원이 요즘 돈으로 얼마쯤 되는지 감이 잡히지 않았다. 아무튼 1인 가구의 전세금 정도라면 무지하게 큰 금액은 아닐 것이다.

"저기, 있잖아요."

현수가 등받이에 기댔던 몸을 세우고 말했다.

"저기 아니고 고모."

"네, 고모! 고모가 잘 몰라서 그런데요. 송찬우가 옛날에는 어땠는지 모르지만, 시장 선거에 나온 후보라면서요?"

"그래. 양명시 시장 예비후보."

"그런 사람 잘못 건드렸다간 큰일 나요. 공갈협박죄로 걸려들어갈 수 있어요. 그뿐인 줄 아세요. 유언비어 날조죄는 말할 것도 없고 위증죄에 선거방해죄……."

"뭘 그렇게 줄줄이 외냐. 나는 그런 거 겁 안 나."

"제가 겁이 나서 그래요. 그런 사람 잘못 건드렸다간 옴팍 뒤집어쓰고 감방에 들어갈 수 있다고요."

현수가 징징거렸다. 겁도 나지만, 글로든 뭐로든 사람을 공격한다는 것 자체가 싫었다.

"차 사줄게."

세라가 말했다.

"저, 차 안 좋아해요."

"별일도 아니잖아. 송찬우가 어떻게 살았는지 인터넷 뒤지면 나올 거야. 현수는 사람들이 호기심을 갖고 읽도록 내용을 일목요연하게 정리해서 올리면 돼. 없는 사실을 올리는 것도 아닌데… 위험수당 붙여서 신차 한 대 뽑아줄게."

"차 한 대… 먹는 차가 아니라 진짜 차요?"

현수가 소리를 높이자 세라가 조용히 하라고 손짓했다.

"진짜 차라니. 말도 안 돼요."

"말 돼. 예전에 경술 오라버니한테 크게 신세 진 것도 있고."

차 한 대… 차 한 대면 돈이 얼마야.

현수도 돈 욕심은 있었다. 물론 욕심낸다고 해봐야 게임머니를 마음껏 지를 수 있는 용돈 정도였다. 건물 관리를 평계로 받는 50만 원으로 점심과 군것질과 휴대폰비와 이런저런 잡비를 해결하려니 매달 간당간당했다. 이번 달만 해도 데스티니 차일드에서 5성 차일드 소환하려고 거금 10만 원을 지르는 바람에 주머니가 허전했다. 그래도 그렇지. 아르바이트 대가로 차 한 대라니.

"그럼 우리 아버지한테 갚지, 왜 저한테……?"

"그러려고 했는데, 도대체 말을 못 꺼내게 하시네."

세라가 경술의 고집에 질린 듯 고개를 저었다. 안 봐도 알 만했다. 돈에 대해 인색하면서도 경술은 체면과 경위를 따지는 데는 추상같았다. 철학원을 운영하면서 돈이 되는 부적을 쓰지 않는 사주쟁이는 경술 말고는 없을 것이다.

"저, 그러면요."

현수는 세라의 눈치를 보며 말을 꺼냈다.

"그 차, 제가 팔아서 써도 돼요?"

눈을 끔벅이던 세라가 허를 찔린 듯 웃었다. 세라의 웃는 얼굴은 왼쪽으로 웃음이 쏠려 어딘지 균형이 무너진 것처럼 보였다.

"그럼 어디서부터 이야길 시작하나. 막상 하려니 마음이 어지럽다."

　찌푸린 얼굴을 펴고 세라가 중얼거렸다. 세라의 눈빛이 천천
히 현수에게 모였다.

사라진 송찬우

"점심 때 찾았는데, 없더라?"

세라와 헤어져서 철공소로 돌아오자 안 감독이 말을 걸었다.

"어, 잠깐 볼일 보느라……."

"송화관에서 원장님 만났어. 어떤 여자분이랑 같이 오셨데. 원장님이 탕수육 대짜 시켜주시더라. 간만에 거하게 먹었다."

"웬일."

현수의 입에서 저도 모르게 말이 튀어나왔다.

지난 몇 년간 경술은 쓸데없이 돈을 쓴 적이 없었다. 시골 둔내리에서 따로 암자 살림을 하는 복임에게 적잖은 돈을 보내느라 경술은 쪼잔스러울 정도로 긴축살림을 했다. 네 엄마가 산골짝에다 돈을 내다버리는갑다. 경술은 복임이 달라는 대로 꼬박꼬박 돈을 보내면서 투덜거리는 소리를 했다.

세라 고모 앞에서는 돈을 펑펑 썼단 말이지.

세라 앞에서 체면을 지키려 한 것을 보면 분명히 두 사람 사이에 뭔가 있었다. 아침에 두 사람이 마주앉아 있을 때도 분위기가 묘했다. 아련한 옛사랑의 그림자…는 아니었다. 아련한 게 전혀 없는 건 아닌데, 뭔가 껄끄러운 느낌이 감돌았다. 현수는 어깨를 으쓱하고는 자리에 가서 앉았다.

노트북을 부팅시키면서 현수는 생각을 정리했다. 지금 중요한 건 차 한 대가 생길지도 모르는 아르바이트다. 모닝이나 스파크 같은 경차라도 일 년치, 어쩌면 이 년치 용돈은 된다. 세라가 요구한 건 사실 별게 아니었다. 기본 정보는 세라에게서 들었고, 현수가 밝혀내야 하는 건 송찬우의 사회적 실체였다. 누군가의 실체는 그 사람이 행한 일보다 그 일을 해내는 방식에서 밝혀지는 법. 현수는 송찬우의 프로필과 이력을 훑으면서 전체 동선을 파악하기로 했다.

〈초록지대〉대표,〈양명문화연구소〉소장, 경기도 양명시 출생.

송찬우의 공식 프로필이었다. 구글과 네이버와 다음의 프로필이 비슷했다. 저 프로필이 송찬우의 진면목을 드러낼지 오히려 가릴지는 들춰보면 알 것이다. 프로필이라는 것도 일종의 방패처럼 그 사람의 진면목을 드러내기보다 감추고 숨기는 역할을 하니까 말이다.

세라 말로는, 처음 만났을 무렵 송찬우는 양명시립극단에 있었다고 했다. 사회 첫걸음을 연극연출로 시작한 사람이 양명시의 시장후보로 나섰으니, 변신과 변화의 폭이 큰 인생이었다. 연극인으로 활동한 게 워낙 오래전이어서 그런가, '송찬우'의 이름으로는 연극과 관련된 기사가 뜨지 않았다. 구글 빼기명령어로 〈초록지대〉와 〈양명문화연구소〉를 제거하고 검색해도 마찬가지였다. 4, 5페이지까지 넘겨도 연극 관련해서는 송찬우의 송자도 보이지 않았다. 세라한테서 전세금을 받아 사라진 뒤로 연극판을 뜬 모양이었다.

현수는 송찬우의 이름과 세라한테서 들은 극단 이름을 검색창에 쳤다. 〈도레미극단〉 창립공연 기사가 아카이브 형태의 뉴스 라이브러리에 떴다. 기사 끝머리에 송찬우가 서울에서 예술전문대학을 다녔고, 1991년 〈도레미극단〉을 창단했다는 소개가 붙어 있었다. 관련 기사는 전부 창립공연 '혹부리 영감'에 대한 거였다. 그리고 몇 년간의 공백기를 지나 2003년 12월 송찬우는 시민단체 대표직함을 달고 모습을 드러냈다. 단체 이름이 〈초록지대〉였다.

〈초록지대〉 기사를 검색하던 현수는 어, 하고 놀란 소리를 냈다. 프로필을 볼 때 〈초록지대〉라는 이름이 어쩐지 낯익다 싶었다. 5년 전쯤 현수는 녹색환경에 대한 글을 쓰면서 〈초록지대〉의 활동을 언급한 적이 있었다. 송찬우가 대표로 있는 〈초록지대〉는 현수가 위키에 글을 쓰면서 인용한 그 〈초록지대〉가 틀림없었다.

현수가 녹색환경에 관심을 가졌던 건 인터넷에 올라온 북극곰 사진 때문이었다. 바닷물에 떠 있는 얼음조각 위에 우두커니 선 북극곰을 보는 순간 현수는 굉장히 감정이입이 되었다. 북극곰이 화제가 되면서 기후온난화가 실시간 검색어로 떴다. 현수는 기후온난화 대책에 대해 알고 싶어 전기자동차, 녹색건축, 녹색인증 같은 항목들을 읽어치웠다. 여러 항목에서 〈초록지대〉가 연관 검색어로 링크돼 있었다. 〈초록지대〉는 몇 년 후에 국가정책으로 등장하게 될 '녹색혁명'이라는 용어를 청소년 대상의 시민교육 프로그램 이름으로 사용하고 있었다. 기획자가 송찬우라면, 그는 트렌드에 대한 촉이 대단히 좋은 사람이었다.

청소년층을 타깃으로 시민단체가 거둔 실적을 내세우며 송찬우는 2010년 지방선거에서 양명시의원으로 당선됐다. 〈양명문화연구소〉는 송찬우가 시의원이 된 이듬해 설립한 시민단체였다. 〈초록지대〉가 환경교육에 치중한 것과 달리 〈양명문화연구소〉는 문화사업 쪽으로 활동가닥을 잡은 듯했다. 송찬우가 시의원으로 있는 동안 〈양명문화연구소〉는 여러 건의 사업을 주관했다. 양명시 아티스트 페스티벌, 양명 광장 프로젝트, 로컬에서 글로벌로… 수식어를 화려하게 단 행사명들이 나열돼 있었다. 이건 좀 수상쩍다, 하는 생각이 들었다.

2014년 시의원 선거에서 송찬우는 재선에 실패했다. 뉴타운 개발로 지역 원주민들의 아우성이 자자했던 선거구에서 문화도시를 만들겠다는 공약이 달갑잖았을 것이다. 재선에 실패한 뒤 송찬우는 시민단체에 사활을 건 듯했다. 이미지 검색을 하자 모니터 화면에 〈초록지대〉와 〈양명문화연구소〉가 공동으로 주관한 행사 포스터가 수두룩하게 올라왔다. 개중 대표적인 행사가 '가족과 함께하는 초록지대 페스티벌'이었다. 세라가 빈정거리며 했던 말이 생각났다.

가족과 함께하는 삶을 내세웠더라.

현수는 송찬우가 들어가 있는 사진 사이즈를 키웠다. 행사에 참여한 아이들과 부모들 틈에서 송찬우가 이를 보이며 웃고 있었다. 웃고 있는 얼굴인데도 인상이 만만치 않았다. 세라가 알고 있는 예전의 송찬우와 지금의 송찬우는 같은 사람이 아니었다. 현수는 갑자기 자신이 없어졌다. 맥도날드에서 세라가 약속한 차 한 대에 흔들려 아르바이트를 하는 쪽으로 분위기가 잡혔을 때도 마음이 썩 내켰던 건 아니었다.

*

현수의 속마음은 발을 빼고 싶은 마음 반, 보상으로 차 한 대 값을 받고 싶은 마음 반이었다.

"정말 하실 거예요?"

아르바이트를 하기로 결정하고 나서도 다그치듯 물은 건 세라가 현수의 기세에 한발 물러섰으면 하는 마음에서였다.

"하지, 그럼."

"이십육 년이면, 아무리 원수가 졌어도 너무 오래전 일이잖아요. 전생과 마찬가진데."

"현수가 가진 전 재산을 떼먹고 달아난 사람이 세월이 흘러 눈앞에 불쑥 나타났다. 그러면 어떡할 건데?"

"저요? 저는, 포기해야죠. 어쩔 수 없잖아요. 수십 년이 지났는데."

"수십 년 세월… 별거 아냐. 인터뷰한 화면 보니까 송찬우는 그대로더라. 누군 죽을 날 받아놓은 얼굴인데……."

말버릇인가, 아니면 정말 죽을병이라도 걸린 건가. 현수는 세라를 유심히 보았다. 병색이 짙긴 해도 죽을 날 받아놓은 사람처럼 보이지는 않았다. 현수의 표정이 뭘 의미하는지 알겠다는 듯 세라가 말했다.

"끔찍하지. 나도 내 얼굴 보는 게 불편해."

세라의 말이 엄살로 들리지 않았지만 또 그렇게까지 끔찍한 것도 아니었다. 전체적으로 너무 살이 없고 너무 가늘어서 세라는 부리가 뾰족하고 눈매가 차가운 새를 연상시켰다. 새의 이미지 때문인지 세라한테서는, 외골수의 깊이랄까, 자신의 온 생을 통해 어떤 것에 집중해온 사람이 풍기는 외로운 결기 같은 것이 느껴졌다. 한 사람의 생이 어디쯤에 다다랐는지 짐작하는데는 그다지 많은 정보가 필요치 않은 모양이다.

크으… 크… 크.

갑자기 세라가 웃는 소리를 냈다. 웃는 건지 우는 건지 기괴한 소리를 내던 세라가 입술을 일그러뜨린 채 이를 악물었다. 세라는 자세를 움직이지 않고 침묵했다. 스스로를 경멸하고 조롱하면서 조용히 악을 썼던 경험이 없었다면 현수는 세라를 정신적으로 문제가 있는 여자로 여겼을 것이다. 자신의 생에서 벗어날 수도 없고 들어앉을 수도 없을 때의 자기혐오와 자기연민이 오래전 기억 속에서 꿈틀거렸다. 마음이 아팠다. 세라도 마음이 아팠던 모양이다.

"저도 그래요. 저도, 사실 거울을 잘 못 봐요."

세라가 얼굴을 삐뚜름하게 기울인 채 현수를 보았다.

"세로로 긴 거울은 제 팔이 양쪽 다 잘려나가요. 몸통만 남으니 보기 불편해요."

무슨 소린가 싶어 눈을 가늘게 찌푸리던 세라가 픽, 웃었다.

"제가 뭘 먹고 있으면 흘깃거리는 사람들이 있어요. 저렇게 처먹으니 살이 찌지. 표정에서도 그런 소리가 들려 귀가 따갑죠. 저는 무시해요. 무시하다 보면 그냥 덤덤해져요."

이런 말까지 주절거릴 건 없는데, 생각하면서 현수가 말했다.

"화가 나지는 않니?"

세라가 물었다.

"사람들이 쳐다보는 거요?"

"뚱뚱한 거. 그렇게 뚱뚱한 체질인 거, 화가 안 나?"

"할 수 없죠. 제가 무지 먹어대니까."

무지하게 먹어대면서 뚱뚱하다는 사실에 화를 내는 건 이치에도 맞지 않았다.

"화가 나는 건 아닌데, 요즘 좀 신경이 쓰이긴 해요."

특히 다솜이 쳐다볼 때요. 뒤엣말은 속으로만 했다. 다솜이 자신의 뚱뚱한 몸을 보면서 어떤 생각을 할지 몰라 자세가 굳어질 때가 있었다.

"현수는 이목구비가 잘생긴 얼굴이야. 살 빼서 원래 얼굴이 나오면 여자들한테 인기가 많겠다."

세라의 말에 현수는 어깨를 으쓱했다.

"그 글 말인데요. 제가 써야 할 게 송찬우라는 사람의 실체를 까발리는 거잖아요."

"그게 요점이지."

"그러니까 핵심이 돈 떼먹힌 이야기잖아요. 전세금을 송찬우한테 빌려줬는데, 그 돈을 돌려받지 못한 건 확실하죠?"

"못 받았지. 송찬우가 사라졌으니까."

"혹시 차용증 같은 거 받아놨어요?"

세라는 고개를 저었다.

"그건 그렇게 중요한 게 아냐. 내가 단순히 전세금 떼인 것 때문에 이러겠니?"

현수는 말문이 막혔다. 나무늘보가 떠올랐다. 다솜이 작업하던 그림책에서 나뭇가지를 붙잡고 늘어져 있던 나무늘보처럼 세라가 자신을 붙잡고 늘어질 것 같은 예감이 들었다.

"혹시, 그 사람이 고모를 때리고 폭력을 썼어요?"

맞는 게 겁나서 돈을 빌려줄 사람 같지는 않지만, 이십 대의 세라는 순진하고 어리바리했을지 모른다.

"나는 살짝 맞아도 중상 아니면 사망이야. 누가 날 건드리겠니."

세라가 자기 말을 증명하듯 손목을 들어 보였다. 건드리면 바로 부러질 것 같긴 했다.

"세라 고모, 글을 쓰려면 제가 구체적인 사실을 알아야 해요. 송찬우가 전세금을 떼먹고 날랐다, 이십육 년이 지났다. 팩트는 지금 이 두 가지밖에 없어요. 맞죠?"

"맞아."

"전세금 떼먹은 행동이 용서할 수 없는 잘못이 될 수도 있고, 세월이 이만치 흘렀으니 덮어도 무방한 일이 될 수도 있어요. 그런데 고모가 원하는 건, 사람들이 송찬우를 파렴치한으로 여기도록 하고 싶은 거잖아요."

"그런 것도 있고……."

세라의 미지근한 반응에 현수는 잠시 주춤했다가 말을 계속했다.

"그러니까 그 당시 상황을 정확히 말씀해주세요. 전세금을 왜 빌려줬고, 송찬우는 어째서 그 돈을 갚지 않고 달아났는지."

세라는 고개를 끄덕였다.

"아까 날 때리지 않았냐고 했는데… 다시 생각하니 송찬우가 나한테 한 짓도 때린 거나 마찬가지였어. 돈을 빌려주지 않으면 안 되게끔 사람을 압박하는 거, 못 견딜 만큼 사람 마음을 힘들게 하는 것도 폭력 아니니. 그게 참… 폭력이지. 이러다 내가 미치겠다 싶었으니까."

세라가 횡설수설했다. 무슨 말을 하고 싶은지는 알 것 같았다. 선택의 여지를 빼앗는 것 자체가 폭력이라는 데는 현수도 이견이 없었다.

"미치지 않으려고 내가 내 손으로 전세금을 찾아서 건넸어. 전세금을 돌려받지 못하면 우리 집이 없어지는 판인데……."

세라가 말을 끝맺지 않고 흘렸다. 현수는 말이 다른 데로 새지 않기를 바라며 잠자코 있었다.

"주인아주머니한테 받은 돈을 그 자리에서 송찬우에게 주었어. 다 알면서……."

현수는 답답해서 세라가 더듬거리며 늘어놓는 말을 끊고 물었다.

"뭘 알았다는 건데요?"

"그가 어떤 인간이라는 거. 그리고 내가 어떤 인간이라는 거."

뭔가 사무친 표정으로 세라가 혼잣말을 하듯 중얼거렸다. 현수는 마음이 불편했다. 세라의 말에 얹힌 자책과 적의 때문이 아니라 현수 자신의 적의 때문에 불편하고 뱃속이 거북했다. 세월에 찌든 세라의 적의는 아직 뿌리가 마르지 않은 현수의 적의를 건드렸다.

"잠시만."

갑자기 쥐어짜는 소리를 내며 세라가 눈을 감았다. 얼굴을 뜯어먹는 쥐떼의 습격이라도 받은 듯 양미간을 잔뜩 찡그린 채 세라는 꼼짝하지 않았다. 1분이 지났고, 2분이 지났다. 어떤 기억 혹은 통증으로 인해 뒤틀리는 몸을 의지로 제어한 채 세라는 뻣뻣한 자세로 움직이지 않았다. 현수는 자리에서 일어서서 뭘 어떻게 해야 할지 알 수가 없었다. 세라는 느리고 깊게 들숨 날숨을 쉬더니 차츰 정상적인 호흡을 했다. 세라의 얼굴이 조금씩 펴졌다.

"괜찮으세요?"

숨을 죽이고 있던 현수가 조심스럽게 물었다. 세라가 눈을 뜨고 가는 한숨을 내쉬었다.

"응, 괜찮아. 한 번씩 이래."

세라가 구부정하게 숙였던 등을 펴고 바로 앉았다.

"아, 놀랐잖아요."

현수는 자리에 털썩 앉으며 우는 소리를 냈다. 현수를 혼비백산케 한 세라가 힘없이 웃었다. 눈이 퀭했다. 송찬우에 대한 기억을 끌어낸 것이 조금 전 세라의 증상과 무관치 않을 거라고 현수는 짐작했다. 세라가 침을 한번 삼키고는 다시 송찬우 이야기를 꺼냈다.

"그 사람, 공연 앞두고는 연습실에 딸린 방에서 지냈어. 사나흘에 한 번 집에 왔나. 옷가지 꺼내놓고 빨아놓은 옷이며 수건 챙기고 나면 돈 이야기를 꺼내 내 속을 긁었어. 같이 살면 뭐하냐고. 공연 못 할 상황인 거 뻔히 알면서 이러고도 가족이네 뭐네 하느냐고. 나중엔 하루가 멀다고 졸라대는데 내가 방바닥에 엎드려 빌었다. 제발 좀 그만하라고……."

"그게 빌 일인가요?"

현수가 세라의 말을 끊고 끼어들었다. 세라가 얼떨떨한 표정으로 현수를 보았다.

"공연 하고 못 하고는 극단에서 해결할 문제잖아요. 그 돈을 내놓으라고 조르는 사람이 개념 없고 뻔뻔한 거 아닌가요?"

"나한테는 그래도 된다고 여겼겠지. 내가 처신을 그렇게 했어. 그래서 그랬겠지."

세라가 남 이야기하듯 말했다. 지난날의 기억 속에서 삐져나오던 분노는 다 어디로 보냈는지 세라는 한바탕 시답잖은 수다를 떨고 나서 시들해진 얼굴이었다. 현수는 한숨을 쉬었다. 종잡을 수 없는 건 중년 여성의 특징인가. 모를 일이었다. 현수가 잠자코 있자 세라가 말했다.

"외로워서 그랬을 거야. 외롭고, 어리석었지. 그때는."

현수는 나무늘보를 다시 떠올렸다. 외롭고 어리석었던 자신을 비웃으면서 세라는 자신을 부정하고, 자신을 부정한 말을 부정하면서 과거의 기억을 혼란스럽게 만들어놓는 것 같았다.

"사람이 외로운 거, 무서워. 외로운 거나 무서운 거나 샴쌍둥이 같아서 그게 그거지만… 그게 왜 무서운지 아니?"

대답을 들으려고 물은 건 아니지 싶어 현수는 잠자코 세라를 보았다.

"외로운 게 무서운 이유는 스스로를 천대하게 만들기 때문이야. 외로움은 스스로를 속이도록 만들어. 약하고 비굴하게 만

들고 자신을 접어버리도록 만들지. 안 그럴 것 같은데 사람이 그렇게 돼."

자신의 말을 이해할 수 있는지 묻는 눈길로 세라가 현수를 쳐다봤다. 물론 현수는 이해했다. 외로움이 무서워서 의식적으로 무뎌지고, 꾸준히 멀어지고 무덤덤해져온 현수는 알고 있었다. 그것이 누구에게도 들키고 싶지 않은, 수치스러운 감정이라는 것도.

*

세라가 손바닥에 부은 약을 입안에 털어 넣고서 바닐라셰이크를 한 모금 마셨다. 여위고 가는 목이 꿈틀거렸다. 알약과 캡슐이 바닐라셰이크에 섞여 식도를 지나 위장으로 흘러 들어가는 모습을 그려보다가 현수가 물었다.

"송찬우 그 사람을 혹시 사랑했어요?"

말해 놓고 보니 '혹시'라는 말이 어색하게 느껴졌다. 세라가 잠깐 생각하는 표정이더니 고개를 저었다.

"외로운 사람들은 사랑을 못 해. 그냥 휘둘리지. 휘둘리다 보니 뭐가 뭔지 모르겠고, 통제도 안 되고, 마음이 불안해져. 불안해서 가슴이 두근대는 걸 사랑이라고 믿는 거지."

뭘 물어도 세라는 바로 대답하는 법이 없다. 원래 좀 피곤한 타입이든가, 아니면 할 말이 많은 사람인 듯했다.

"사랑한다고 믿긴 믿었네요?"

"사랑한다고 믿었지. 정말 사랑했는지, 겁이 나서 사랑한다고 믿고 싶었는지… 사는 게 무서웠나 봐. 젊을 때 이야기지만, 웃기지?"

웃기지 않았다.

공포의 본질은 무서움이 아니라 외로움이니까. 누가 등을 떼밀지 않아도 공포 때문에 절벽 밑으로 몸을 던지는 사람처럼, 세라는 외로움에 대한 공포로 자신의 삶을 송찬우의 꼭두각시로 내던졌던 모양이다.

"그 전세금 말이에요. 송찬우가 그 돈을 정확히 어디에 썼죠?"

현수는 대화를 좀 정리하고 싶었다. 이러다 오후가 다 갈 판이었다.

"배우들 개런티로 나갔겠지. 개런티를 미리 주지 않으면 공연 못 한다면서 연습실에 며칠 나오질 않았대."

"배우들도 노조 같은 데 속해 있었어요?"

세라가 젊었을 적의 연극판 분위기나 공연문화에 대해 아는 건 없지만, 배우들이 공연 전에 돈을 요구하면서 사보타주를 했다는 사실에 현수는 놀랐다.

"그건 모르겠고, 뮤지컬을 하느라 여기저기서 끌어모은 배우들이었어. 도레미 단원들이라면 그렇게까지 안 했겠지."

"도레미요?"

"원래는 〈극단 길〉이라고 주로 번역극을 공연했던 극단에서 조연출을 했거든. 연출하고 뭐가 잘 안 맞았는지 거기서 나와서 〈도레미극단〉을 차렸어. 그 사람이 〈극단 길〉에 있을 때 나도 잠시 단원 생활을 했는데… 그때가 봄날이었지 싶다. 〈도레미극단〉도 첫 공연은 괜찮았어. 혹부리 영감을 올렸는데 단체 관객이 많았지. 반응도 좋았고. 아동극 전문 극단이 탄생했다면서 기사도 제법 실렸어."

괜찮았던 한때를 떠올리며 잠시 아득해졌던 눈길이 현수에게 돌아왔다.

"두 번째 공연에서 패착을 했어. 애초 레퍼토리대로 아동극을 밀고 나갔으면 아무 문제가 없었을 텐데, 안 되는 쪽으로 간 거지."

창립단원 가운데 한 명이 갑자기 '프랑켄슈타인'에 꽂혀 설쳤고, 다들 거기 휩쓸렸다. 아무도 뮤지컬을 준비하는 데 들어갈 돈에 대해서는 신경 쓰지 않았다. 프랑켄슈타인에 꽂혀 설쳤던 단원이 뮤지컬대본을 썼고, 작사 작곡은 연극판 인맥을 뒤져 맡겼다. 그 작업을 하는 데만 네댓 달이 걸렸다. 연습실을 빌리고 노래와 춤이 되는 단원을 외부극단에서 끌어왔다. 몇 차례 곡을 수정하면서 일정은 차질을 빚었다. 공연 개막이 두 차례 연기되고, 무슨 말이 돌았는지 배우들은 원래 일정대로 페이를 지불해 줄 것을 요구하고 나섰다. 극단 차릴 때 십시일반 모은 돈과 혹부리 영감 공연에서 남긴 수익금은 바닥이 난 상태였다.

"배우들한테 돈을 주지 않으면 몇 달간 고생한 게 허사로 돌아가게 생겼지. 공연을 해야 연습실 임대료니 뭐니 밀린 걸 갚을 수 있을 거고⋯⋯."

"어떻게 보면 고모도 도레미에 투자를 한 셈이네요."

"투자는 무슨. 나는 송찬우한테 그 돈을 빌려준 거야."

세라가 고집스럽게 말했다.

"근데 왜 돈을 돌려받지 못했죠? 공연이 잘 안 됐나요?"

"공연이 취소됐어."

"네?"

"공연을 포기하고 사라졌어."

"누가요? 송찬우요? 아니, 왜요?"

"글쎄, 그걸 나도 몰라."

현수한테 그 답이 숨어 있기라도 한 것처럼 세라는 현수의 얼굴을 빤히 보다가 입을 열었다.

"개막 공연 전날 퇴근하자마자 연습실로 갔어. 리허설 분위기가 이상하게 침울했어. 이튿날 공연을 해야 하니까 배우들은 바로 귀가하라고 하고, 기존 〈도레미〉 단원들끼리 파전집으로 몰려갔지. 나는 남아서 연습실을 대충 치워놓고 뒤따라갔는데⋯ 없더라. 어디 구석에 앉아 있는지 둘러봐도 보이질 않았어. 막걸리를 마시는 단원들한테 물었어. 자기들도 모르고 있었는지 송찬우를 찾더라. 먼저 가면 간다고 말을 하고 가야지, 연출이 말이야. 단원들이 지껄이는 소리를 들으면서 밖으로 나왔어. 그게 마지막이었어."

거기까지 말한 세라가 입을 다물었다. 이 시점에서 섣부른 공분이나 위로의 말을 건네는 건 주제넘은 짓 같아 현수는 잠자코 있었다. 세라가 담담한 표정으로 다시 입을 열었다.

"파전집 앞 길거리에서 한참을 서 있었어. 아, 그날 참 되게 추웠다. 그해가 유독 추웠어. 바람도 사나웠고. 혼자 우두커니 서서 몸이 얼어붙어 가는데… 불안하지 않더라. 늘 불안하기만 하던 마음이 사라졌어. 송찬우와 함께……."

무대에 서서 연기를 하는 배우처럼 세라는 그렇게 독백을 하고나서는 킁킁, 끊어지는 웃음소리를 뱉어냈다. 무슨 생각을 하는지 현수는 세라의 표정을 읽을 수가 없었다. 세라의 고통은 느껴졌다.

저 여자를 괴롭히는 건 아마 수치심일 것이다. 수십 년이 지난 지금에 와서 송찬우의 실체를 까발리겠다고 나선 건, 평생 자신을 옭아맸던 그 수치심에 자리를 내어주기 위한 것이리라. 스스로를 벌하듯 수치심을 인정하고 자신의 인생에 솔직해지고 싶은 건지 모른다. 현수는 그렇게 짐작했다. 스스로에게 솔직해지는 것으로 자존감을 되찾는 게 세라에게 그렇게 중요한 게 아니라면, 순수한 복수심 때문이겠지. 도저히 떨칠 수 없었던 질긴 복수심 때문이라면 현수는 복수의 도구가 되는 셈이었다.

지하철 입구에서 세라는 스카프를 고쳐 맸다. 뻣뻣하게 서 있는 모습이 몹시 피곤해 보였다. 슬쩍 건드리면 선 자리에서 그대로 풀썩 주저앉을 것 같은 걸음으로 세라는 지하철역 계단을 내려갔다. 세라가 계단을 다 내려간 것을 보고 나서도 현수는 그 자리에 서 있었다. 현수의 삶 속으로, 일상 속으로 세라가 낙숫물처럼 떨어져 흘러든 느낌이었다.

*

당시 2천만 원을 요즘 돈으로 환산하면 8천만 원 남짓 됐다. 새우깡과 짜장면과 버스비와 쌀 20킬로, 그리고 최저시급을 비교해서 평균을 내보니 그 정도가 나왔다. 이 정도 금액이면 혼자서 살자고 구한 전세가 아니었다. 집값이나 전세금이 지금처럼 살벌하게 높지는 않았을 것이다. 송찬우가 떼먹었다는 전세금이 온전히 세라의 것인지 두 사람 공동 자산인지 정확히 알아야 할 것 같았다.

〈도레미극단〉이 문을 닫은 뒤 세라는 한동안 송찬우를 찾아다녔다고 했다. 가톨릭센터 건물에 있던 연습실에는 둘둘 말린 포스터 뭉치와 손때가 묻은 대본들이 흩어져 있었다. 사람들이 출입을 하지 않자 센터 관리실에서 그달 말에 연습실 문을 잠갔다. 세라는 퇴근길에 연습실을 찾아가 문 앞에 우두커니 서 있다 돌아왔다. 돌아오는 길에 술집 몇 곳을 훑었다. 송찬우가 종종 세라를 불러내어 술값을 치르게 했던 술집들이었다.

두 달 넘게 세라는 술집을 돌아다녔다. 세라가 순회하듯 돌던 술집에서 그와 함께 연극을 했던 동료들을 종종 마주쳤다. 그들도 송찬우의 소식을 모른다고 했다. 정말 몰랐을 수도 있고, 알고도 모른 척했을 수도 있다. 인터넷을 한 번 더 뒤져봤지만 당시 송찬우에 대한 기록은 찾을 수가 없었다.

송찬우를 통해 〈도레미극단〉에 들어간 2천만 원이 세라의 단독 재산인 게 확실하다면 글을 올리는 건 별 문제가 없었다. 설사 문제가 된다 해도, 송찬우가 시시비비를 따지며 나서지는 않을 것이다. 돈을 갚겠다고 나올 가능성도 있었다. 대충 상황은 정리된 것 같았다. 내용을 어떤 톤으로 쓰는 게 좋을지도 잡혔다. 그런데 이상하게 마음이 찜찜했다. 뭔가를 빠트린 것 같았다. 뭔가 세라가 원했던 것…

가족이 있는 삶.

세라는 송찬우가 내건 슬로건을 트집 잡는 것으로 이야기를 시작했다.

송찬우는 가족이 있는 삶에 대해 말할 자격이 없어.

그 말을 할 때 세라는 정색했다. 아니, 조금 빈정거리는 투였나. 눈빛은 싸늘했다. 역시 석연치 않았다. 현수는 키보드에서 손을 떼고 의자 등받이에 등을 기댔다. 두 시간 넘게 마주 앉아서 세라의 이야기를 들었는데 정작 세라에 대해서는 제대로 아는 게 없었다. 송찬우에 대한 글이 소기의 목적을 달성하려면 그의 실체가 세라의 삶과 연관되어 드러나야 할 것이다. 순간, 생각이 났다.

그래, 명함!

세라에게서 받은 명함이 있었다.

하모니 결혼중매소 소장, 강세라

지갑에 끼워뒀던 명함을 꺼내 들여다보며 현수는 고개를 끄덕였다. 20대 시절의 세라는 순수했고 순진했다. 그녀는 연극을 좋아했고, 연극 연출을 했던 남자, 송찬우를 사랑했다. 송찬우를 만나면서 그녀의 인생에 어떤 일이 일어났는가. 감정에 호소하는 방향으로 컨셉을 잡고 나자 세라에게 던져야 할 질문 몇 개가 떠올랐다.

"워어 워어 워어."

갑자기 등 뒤에서 안 감독 목소리가 들렸다.

"이것이 무엇이냐!"

안 감독이 현수의 손에서 명함을 잡아챘다.

"하모니 결혼중매소! 에헤라디여, 에헤라디이여어어."

제발 그러지 말라는 현수의 간절한 눈빛을 못 본 척하며 안 감독이 난리를 쳤다. 현수의 양쪽 볼과 귀가 벌게졌다. 다솜이 이 사태를 지켜보고 있을 거였다. 다솜이 자리에 있는지 돌아볼 배짱이 현수한테는 없었다.

"우리의 순정남 민현수 씨. 일편단심인 줄 알았더니, 이렇게 배신을 때리는 건가요?"

아놔, 왜 저러냐.

현수는 안 감독의 유치한 장난질이 짜증스럽고 피곤했다. 마음 같아선 안 감독의 두꺼운 뿔테 안경을 벗기고 얼굴에 주먹을 한 방 정통으로 날리고 싶었다. 폭력에 대해 이야기하던 세라의 심정이 십분 이해됐다. 선택의 여지 없이 어떤 행동을 할 수밖에 없는 상황으로 사람을 몰아넣는 건 몸을 상하게 하는 폭력 못지않은 폭력이었다. 쪽팔림이나 외로움, 숨기고 싶은 약점을 잡고 늘어지는 장난질 역시 그런 폭력의 속성을 숨기고 있다는 것을 사람들은 놀라울 정도로 몰랐다. 현수는 명함을 쥐고 흔드는 안 감독을 속수무책 바라보았다.

어릴 적부터 그랬다. 현수는 자신을 놀리고 괴롭히는 아이들을 그냥 바라보기만 했다. 유난히 뚱뚱한 몸집 때문에 자주 현수는 아이들의 과녁이 되었다. 아이들은 늘 누군가를 놀리고, 누군가를 괴롭혔다. 아이들은 장난이라 여겼겠지만, 스스로도 의식하지 못하는 악의가 장난 속에 숨어 있다는 것을 몰랐다. 자신의 악의는 삼킬 수 있어도 다른 사람들의 악의는 어떻게 할 수가 없었다. 어린 나이에도 현수는 어쩔 수 없는 일은 어쩔 수 없는 대로 내버려두는 수밖에 없다고 생각했다. 사실 생각은 나중에 했고, 생각하기 이전에 현수는 놀림을 당하는 그 자리에서 스스로를 뭉갰다. 자존심을 뭉개고, 마음을 뭉개면 그 뒤는 쉬웠다. 현수를 괴롭혔던 분노는 시간이 지나면 결국 사그라졌다. 사그라진 자존심과 분노는 현수의 몸뚱이 속으로 기어들었다.

　나이 들면서 현수가 만난 사람들 중에 무례한 입과 악의를 드러내는 경우가 드물지 않았다. 뭉개진 자존심과 분노는 현수의 몸속에 차곡차곡 쌓여 두툼한 살집처럼 무게를 늘려갔다. 공익으로 군복무를 마치고 숨어들 듯 틀어박혀 시간을 보내는 철공소가 없었다면 현수의 몸속에서 무게와 부피를 늘린 스테레스성 분노가 헐크 같은 괴물로 변해 튀어나왔을 것이다. 물론 쓸데없는 상상이었다.

　현수는 그런 쓸데없는 상상과 공상으로 자주 멍한 시간을 보냈다. 곰 같은 몸집으로 조용히 앉아서 멍한 미소를 짓곤 하는 현수를 가끔 귀요미라 부르기도 하는 안 감독의 장난질은 아닌 말로 애교 수준이었다. 그렇다 해도 결혼상담소 명함을 손에 쥐고서 팔을 번쩍 쳐들고 있는 밉상 짓에는 열이 치받았다. 얼굴까지 벌게졌으니 오해를 사기 딱 좋은데 다솜한테 가서 사실은 그게 아니라고 변명을 늘어놓을 수도 없는 노릇이었다. 현수는 안 감독이 내려놓은 명함을 집어 책상 서랍에 넣었다. 속이 상해 한숨을 쉬느라 다솜이 현수를 보며 웃음을 깨무는 모습은 보지 못했다.

왜 하필 나한테

"거미꽃인지 개미꽃인지 스톱모션만 쓰면 다야? 심사 기준이 애매하잖아."

작업실 저쪽 구석에서 박은주의 앙앙거리는 목소리가 날아왔다. 언성을 높일 때 목소리가 어찌나 어린애 같은지 박은주가 성질을 부릴 때마다 현수는 소스라치는 느낌이었다.

"마음 비워라. 우리가 머 하루이틀 보고 작업하냐. 길게 보고 가자."

안 감독이 박은주를 달랬다. 국제애니메이션페스티벌에 나갈 출품작 선정에서 박은주의 작품이 떨어진 모양이었다.

"거미꽃보다 언니 작품이 훨 감동적이었어요."

다솜의 목소리가 들렸다. 다들 박은주 곁에 몰려가 있는지 위로의 말이 이어졌다. 철공소 출입문에서 봤을 때 왼쪽 먼 구석에 박힌 현수의 자리에서는 오른쪽 먼 구석에 있는 은주의 자리가 보이지 않았다. 도로 쪽 창을 따라 책상 네 개가 주르륵 놓인 중간에 5단 책장 두 개가 서로 등을 대고 서 있어 가림벽 노릇을 했다.

"어떻게 마음을 비워. 안 선배도 내 입장 돼봐."

투덜거리는 박은주를 위로하느라 다솜이 안 감독을 질책했다.

"맞아요. 안 감독님은 큰 상을 받으셨으니 마음이 비워지죠. 언니 진짜 속상하겠어요."

안 감독은 4년 전, 철공소에 입주한 직후 다솜이 말하는 큰 상을 받았다. 미디어예술제 애니메이션 부문에서 대상을 받고 며칠 헤벌쭉거리고 다녔다. 새와 그림자, 라는 작품이었는데 안 감독은 그 작품으로 자그레브와 오타와에 초대되어 글로벌한 세상을 경험했다. 수상은 못했지만 국제애니메이션 페스티벌에 초대된 것만으로도 애니메이션 업계에서는 알아주는 듯했다.

"선배도 거미꽃, 걔 알지? 걔 또 얼마나 기고만장 굴겠어. 다른 작품 좋은 것도 많던데 하필이면 걔냐고. 왜 하필……."

박은주의 앙앙거리는 목소리가 현수의 머릿속을 간질였다.

왜 하필…….

현수는 마우스를 딸각거리며 모니터를 노려보았다. 모니터에는 송찬우의 기사가 걸려 있었다.

왜 하필… 나지?

머릿속을 간질이던 생각이 툭 하고 현수 앞에 떨어졌다.

뭔가 아귀가 맞지 않아.

현수는 두 손을 깍지 끼어 두두룩한 배에 올린 채 생각에 잠겼다. 송찬우의 뒤를 캐는 게 딱히 힘든 건 아니었다. 지난 며칠 간 현수는 송찬우에 대해 구글링을 하고 양명시 지역신문들을 죄 뒤졌다. 송찬우의 이력은 투고 몇 번 날리면 지방지 기자들이 뒷조사에 나설 만한 냄새를 피우고 있었다.

송찬우는 〈초록지대〉를 설립하고 4년 뒤에 결혼했다. 결혼상대는 서울과 양명시에 각각 한 군데씩 한식당을 차려 운영하는 여자였다. 맛집 전문 블로거가 적어놓은 글을 보니 돌잔치나 상견례 전문식당으로 꽤 유명한 듯했다. 송찬우가 시의원으로 출마한 데는 돈 많이 버는 아내의 도움이 컸지 싶었다.

시의원이 되고 그 직후 송찬우는 〈양명문화연구소〉를 설립했는데, 이듬해 문체부로부터 활동우수단체로 평가받았다. 활동이 우수했는지는 몰라도 시행한 프로그램 건수가 많기는 했다. 대부분 정부기관으로부터 지원을 받아 시행한 프로그램이었다. 다른 시민단체와 비교하면 〈초록지대〉와 〈양명문화연구소〉가 받은 지원 금액이 확연히 차이가 날 정도로 많았다. 그 사실을 지적한 기사는 있었지만, 시의원 자리에서 행사할 수 있는 권한으로 개입을 했을 거라고 의심을 제기한 기자는 없었다. 하여간 깔끔한 정황은 아니었다.

시의원을 지낸 전력이 있고, 시장 예비후보로 나서긴 했으나 현수가 보기에 송찬우는 사업 쪽으로 관심이 더 많은 사람이었다. 정치적 야심이 있는 사람이라면 시의원을 하면서 자신이 대표로 있는 단체에 지원금을 몰아주는 욕심은 자제했을 것이다. 송찬우를 골탕 먹이기 위해서는 그의 정치적 야심이 아니라 〈초록지대〉와 〈양명문화연구소〉가 하는 사업 쪽을 파고드는 게 맞지 싶었다. 그러자면 견적서까지 찾아내어 대조를 해야 하는, 지루하고 재미없는 삽질이 필요했다.

현수는 등받이에 기댄 몸을 쭉 폈다. 아침부터 뒤지고 있던 자료들이 갑자기 지겨워졌다. 몸에서 힘을 빼고 늘어져 있으니 조금 편안해지는 기분이었다. 낮잠이나 자러 올라갈까. 멍하게 풀렸던 현수의 눈길이 콘크리트 천장의 한 점으로 모였다. 조금 전 머릿속을 간질이던 생각이 꼬물거리며 기어 나왔다.

왜 하필 나지.

왼쪽 관자놀이가 떨렸다. 현수는 왼손 엄지로 관자놀이를 꾹 눌렀다.

왜 하필… 나한테…

관자놀이를 누르는 미미한 통증이 머리에서 목덜미를 타고 흘렀다. 차 한 대 뽑을 정도면 결코 적은 돈이 아니었다. 그 돈의 반만 준다 해도 송찬우 팬티 속까지 탈탈 털어줄 사람들이 쌔고 쌨을 것이다. 세라가 흥신소니 심부름센터니 하는 데를 몰랐을 것 같지는 않았다. 규모가 어느 정도인지 몰라도 결혼 상담소 소장이면 이 방면으로 현수보다 빠삭하게 알고 있어야 정상이었다.

현수는 등받이에 기대었던 몸을 일으켜 바로 앉았다.

세라는 어떤 의도를 가지고 경술을 찾아왔다. 그리고 모종의 목적을 이루기 위해 현수에게 접근했다. 의심을 하자 현수에게 들려준 말도 그렇고, 세라의 정체도 의심스러웠다. 생각하면 생각할수록 의심스러웠다. 눈썹을 앵그리버드처럼 세운 채 심각한 표정을 짓고 있는 현수 곁으로 안 감독이 다가왔다.

"우리 귀요미도 하나 찍어."

현수는 얼굴을 잔뜩 찌푸린 채 안 감독을 돌아봤다. 현수보다 나이가 적은 웹툰과 다솜이 들어오기 전에 안 감독이 먹보니 귀요미니 별명으로 부르는 것을 그냥 듣고 넘긴 게 잘못이었다. 이제 와서 새삼 정색을 하기는 어색했지만 다솜 앞에서 귀요미 소리나 듣는 남자로 체면을 구기고 싶지 않았다.

"영화 찍냐. 근육 풀어."

째려보는 현수의 눈길을 무시하고 안 감독이 종이를 내밀었다. 10000원, 3000원, 1000원, 공짜, 심부름. 액수와 작업실 사람들 이름을 연결한 사다리타기 그림이었다. 고개를 옆으로 기울인 채 그림을 내려다보는 현수에게 안 감독이 통을 놓았다.

"뭘 그렇게 훑어봐. 장고 끝에 만 원 걸린다."

현수는 꿈적 않고 사다리타기 그림을 들여다보았다. 몇 개의 줄과 선으로 이뤄진 간단한 도형인데 각각의 액수가 어디로 떨어질지 알아내는 건 쉽지 않았다. 세로선에 걸쳐진 가로줄에 낙차를 주어 출발점과 도착점을 어긋나도록 비틀어놨기 때문이다. 현수는 그림을 안 감독에게 돌려주고 자리에서 일어섰다.

"네가 사러 가려고?"

"아뇨. 할 일이 있어요."

군이 알아내자면 못 알아낼 것도 없다. 낙차를 바로잡으면 된다. 세라가 누군지, 왜 찾아왔는지 경술은 알고 있을 것이다. 며칠 전 세라의 방문은 의례적인 게 아니었다. 세라가 숨긴 의도의 한 조각 정도는 분명히 경술과 연관돼 있다. 평소와 달리 그날따라 퉁명스러웠던 경술의 말투도 어쩌면 세라의 방문 목적과 관련이 있는지 모른다.

"먹는 데 네가 빠지면 형이 외롭다. 아, 누가 또 한 명 몹시 외로울 것인데."

휜소리를 하는 안 감독 뒤로 자기 자리에 앉아 있는 다솜이 보였다. 갑자기 다솜이 고개를 드는 바람에 눈이 마주쳤다. 떡볶이를 먹자고 한 게 다솜이었나. 사다리타기 종이와 다솜을 번갈아 보던 현수의 눈이 흔들렸다. 갑자기 다솜이 자리에서 일어났다. 자리에서 일어날 때 항상 쥐고 있는 머그잔 대신 무슨 계산서 같은 것을 쥐고 있었다. 철공소 공동경비에 무슨 문제라도 생긴 건가. 다솜이 공용탁자를 돌아서 현수 쪽으로 방향을 잡고 걸어왔다. 어, 뭐지? 다솜을 바라보는 현수의 가슴이 당당당 뛰었다.

다솜이 손을 내밀었다.

"수도요금 고지서예요. 좀 전에 들고 왔는데 은주 언니 때문에 깜박했어요."

건물 1층 출입구 벽에 붙어 있는 우편함에서 우편물을 들고 오는 건 현수의 일이었다.

"지로 용지 올 때가 돼서 우편함을 뒤졌거든요. 보니까 수도 세 요금이 너무 많이 나온 거예요. 빨리 아시는 게 좋을 것 같아서 맘대로 갖고 왔어요."

"제가 챙겨야 되는데… 고맙습니다."

"고마우면 떡볶이 사라."

안 감독이 끼어들고, 박은주가 꼬리를 달았다.

"독하게 매운 떡볶이 먹고 힘내야겠다."

*

현수는 경술을 만나는 걸 잠시 미루고 지하실부터 살피기로 했다. 수도세 고지서에 평소 내는 요금보다 세 곱절이 넘는 액수가 적혀 있었다. 벌써부터 귀에 경술의 잔소리가 웽웽거렸다. 이런 불상사가 생기지 않게 관리를 하라고 경술이 용돈을 주는 거였다.

설마 이번에도 용돈을 깎는다고 하지는 않겠지.

평소 요금의 세 곱절이 나왔다는 건 건물 어딘가에서 물이 새고 있다는 증거였다. 명색 관리자로서 미리 조치를 못한 것은 현수 잘못이었다. 그러나 따지고 들어가면 꼭 그렇게 단정할 일이 아니었다.

경술철학원과 철공소, 일층치킨이 한 층씩 사용하고 있는 이 3층짜리 건물은 지은 지 50년이 다 된 노후 건물이었다. 한번은 양명시청 건축과에서 철거 가능성을 타진해 가기도 했다.

뉴타운 재개발설이 심심찮게 불거지는 지역이 아니었으면 철거됐을 수도 있었다. 단순히 관리 소홀로 모는 건 현수로서는 억울한 일이었다.

거기다 가족이 둔내리로 가 있던 몇 년 동안에 건물이 아주 엉망이 됐다. 전세를 들어왔던 사람들이 건물 관리를 어떻게 했는지 문짝과 창문이 제대로 닫히는 게 없었다. 장마 때는 외벽에 들이치는 비 때문에 건물 전체가 눅눅해졌다. 도배를 새로 해도 벽지가 군데군데 들뜨고 하수관에서는 조금만 방심해도 악취가 올라왔다. 둔내리에서 양명 집으로 돌아온 뒤 몇 년간 경술은 공구를 끼고 살았다.

아무튼 오늘 아침 계단 청소하면서 마주쳤을 때 일층치킨 사장님이 천장에 물 샌다는 항의를 안 했으니 2층 철공소는 문제가 없었다. 철공소 천장도 깨끗하니 3층 집 역시 문제가 없었다. 남은 건 1층과 지하실이었다. 지하실 천장을 살펴보면 누수가 되는 곳이 어딘지 알 수 있을 것이다.

건물 출입구 옆에 붙은 스위치는 고장이 나 있었다. 몇 번 스위치를 딸각거리다가 현수는 지하계단으로 내려갔다. 지하실 계단은 계단참까지 아홉 개, 계단참에서 지하실문까지 열두 개였다. 계단참 아래로 열두 계단은 심하게 가파른 데다 낮에도 발밑이 잘 안 보일 정도로 어두웠다. 현수는 계단참에서부터 계단 수를 세면서 내려갔다.

애초 건물을 올릴 때 지하실은 기계 부속품을 들여놓을 창고로 지은 거였다. 경술한테 들은 말이었다. 할아버지는 온갖 종류의 기계 부속품을 취급하는 가게를 했다. 주로 중고기계를 들여와서 지하실에 쟁여놨다가 찾는 사람이 있으면 가게로 갖고나가 수리를 해서 팔았다. 한마디로 할아버지의 땀과 가족의 역사가 고스란히 담긴 건물이라는 뜻이다. 그런데 건물 등기는 경술이 아닌 복임의 명의로 돼 있었다. 장씨 아저씨가 지하실에 세를 얻어 들어올 때 부동산 아줌마가 가져온 등기부를 넘겨보다가 알게 된 거였다. 명의를 이전한 건 현수가 세 살 때였다. 사업하는 집안에서는 불상사에 대비하여 명의를 부인 앞으로 해두는 경우가 많다는데, 젊은 시절 경술은 출판사에 다녔다고 했다. 뭔가 그럴 사정이 있었던 모양이다.

둔내리에서 이곳으로 돌아온 뒤, 경술은 몇 번 부동산에 전화를 했다. 지하실을 창고로 쓸 사람이 있는지 알아봐 달랬던 것 같은데 들어오려는 사람이 없었다. 지하실은 폐가구와 잡동사니가 들어앉은 채로 일 년 남짓 비어 있었다. 현수가 고등학교 2학년에 올라간 봄에 장씨 아저씨가 부동산 아줌마를 앞세우고 찾아왔다. 장씨 아저씨는 지하실을 창고로 임대할 건데 수리해서 사무실로도 쓰고 싶다고 했다. 경술은 드디어 세를 받게 돼서 좋기도 하고, 지하실을 알아서 수리까지 할 거라는 말에 감동해서 허둥거렸다.

"지하실이 돼놔서 공사가 수월찮을 텐데……."

지하실에 버려둔 것들이 떠올라 미안하기도 했을 것이다.

지하실에는 고장 난 컴퓨터, 비닐가죽이 찢어져 용수철이 튀어나온 소파, 얼룩진 매트리스, 바퀴가 빠진 의자, 사무용 책상 같은 것이 먼지와 거미줄을 뒤집어쓴 채 버려져 있었다. 세를 들어 살았던 사람들이 버리고 간 것들이었다. 계약서에 도장을 찍기 전에 경술이 사람을 불러 깨끗이 치우겠다고 하자 장씨 아저씨가 손사래를 쳤다.

"공사하면 어차피 업체 불러야 하니 놔두세요. 폐자재 실어내 갈 때 같이 내가면 됩니다."

　계약한 다음 날 장씨 아저씨는 공사를 시작했다. 경술과 현수는 출입구를 드나들 때 지하로 잠깐잠깐 내려가서 공사 현장을 구경했다. 잡동사니와 쓰레기가 실려 나가고, 수도와 전기선이 들어가고 문손잡이가 교체됐다. 문손잡이 아래 새로 박은 걸고리에는 주먹만 한 자물통이 걸려 있었다. 페인트칠을 하고 나서 이틀 뒤 가구가 들어왔다. 장씨 아저씨는 일주일 만에 지하실을 창고가 달린 사무실로 바꿔놓았다.

　땅딸막한 체구의 장씨 아저씨는 어딘지 모르게 무술인 같은 분위기를 풍겼다. 자신을 보따리장사꾼이라고 소개하면서 대만에서 우롱차를 들여와 찻집과 차 가게에 넘기는 일을 한다고 했다. 경술은 계약서를 작성하던 날 장씨 아저씨의 사주명식을 받아 보고는 무조건 형씨가 알아서 하라고 했다. 장씨 아저씨는 고향인 대만 화롄으로 돌아갈 때까지 8년간 지하 사무실을 사용했다. 재재작년 봄 장씨 아저씨가 나간 뒤로 지하실은 비어 있었다. 전세든 월세든 들어오려는 사람이 없었다. 월세가 싸다 싶었는지 금방 계약할 듯이 찾아왔던 사람도 지하실을 둘러보고 가서는 연락이 없었다.

지하실이라 불을 켜지 않으면 낮에도 어두운 건 그렇다 쳐도 들어섰을 때 느낌이 섬뜩하다는 소리를 몇 사람이 했다. 장씨 아저씨는 이곳이 우묵하게 깊고 선득한 데다 적당한 습도와 온도를 유지할 수 있어서 좋다고 했다. 장씨 아저씨가 이곳 지하실을 선택했던 이유가 다른 사람들한테는 재고의 여지 없이 발을 돌리게 하는 이유가 됐다.

사실 천장이 낮은 것도 문제였다. 지하실의 둥근 소파에 앉아 고개를 젖히고 있으면 몸이 공중부양한 느낌이 들 만큼 천장이 낮았다. 키가 180센티인 현수는 철제문을 열고 지하실에 들어설 때 저절로 어깨가 구부러졌다. 장씨 아저씨가 들어온 뒤로 지하실을 들락거리면서 생긴 버릇이었다. 어깨를 구부려도 걸음을 옮길 때마다 주렁주렁 매달아놓은 꾸러미들이 머리에 받혔다. 장씨 아저씨는 가구를 들여놓은 다음 천장에 압력봉을 설치하고 그물망 꾸러미를 매달아놓았던 것이다.

장씨 아저씨는 우롱차나 동방미인 같은 차 종류 외에 과자와 건강식품도 부수적으로 취급했다. 주 판매처가 구로와 영등포 쪽인데 가게주인들이 차를 주문하면서 그런 것들을 같이 갖다 달라고 요구한다고 했다. 건강식품은 차를 다루는 것만큼 까다롭지는 않았다. 장씨 아저씨는 현수에게 꾸러미에 든 인삼과

가시오가피, 영지 등을 포장하는 아르바이트를 시켰다.

포장 일은 전혀 싫지 않았다. 의자를 딛고 올라가 꾸러미를 내릴 것, 옆에 갖다 놓은 저울에 무게를 재서 봉지에 담을 것, 포장지를 두 겹으로 싼 뒤 주황색 실을 둘러서 매듭을 지을 것. 이 세 가지만 알고 있으면 되는 일이었다. 포장봉지를 장씨 아저씨가 말한 수만큼 만들어놓고, 테이블에 올려놓은 꾸러미들을 단단히 여며서 천장 고리에 걸어두는 것까지 하고 나면 장씨 아저씨가 용돈을 주었다. 그 재미에 현수는 용돈이 떨어질 때마다 지하실로 내려가 아르바이트를 자청했다. 대학에 들어간 뒤에는 장씨 아저씨와 이런저런 이야기도 할 겸 일도 도울 겸해서 종종 지하실로 내려갔다.

수도요금 고지서를 주머니에 찔러 넣고 지하실 문을 연 현수는 벽을 더듬어 스위치를 켰다. 불이 들어오는 순간 스스스 하는 소리가 났다. 흡! 현수는 숨을 삼켰다. 한쪽 전구가 나갔는지 불을 켜도 완전히 환하지가 않았다. 현수는 침침한 불빛 속에서 꼼짝 않고 서 있었다. 잠시 기다렸으나 아무 소리도 들리지 않았다. 조심스럽게 숨을 내쉬고 사방을 둘러보았다. 벽 쪽으로 껌껌하고 두꺼운 그림자가 내려와 있었다.

현수는 조금 망설이다 낡고 색이 바랜 둥근 소파로 가서 앉았다. 서너 달 전까지만 해도 현수는 가끔 이곳 지하실에 내려와 시간을 보내곤 했다. 앉으면 자동적으로 몸이 뒤로 훌러덩 넘어가는 둥근 소파에 드러누워 조는 듯 마는 듯 시간을 흘려보내는 게 현수한테는 힐링 타임이었다. 2층 철공소에는 공휴일에도 최소한 한 명은 나와서 작업 중이었고, 집에는 경술이 똬리를 틀고 사주 손님들을 기다렸다. 아무도 신경 쓰지 않고 혼자 멍 때리고 싶을 때 현수는 동굴로 기어들 듯 이곳 지하실을 찾았다.

아참, 아까 그 소리.

현수는 얼른 발을 들어 소파 끝에 올렸다. 설마 쥐나 뱀 같은 건 아니겠지, 생각하는 순간 목과 팔에 소름이 돋았다. 현수는 소파에서 벌떡 일어났다. 잠깐씩 내려오긴 했지만, 3년 가까이 사람이 살지 않은 곳이었다. 동네 쥐들이 숨어들 만한 공간으로 이보다 좋은 데는 없을 것이다. 대추씨같이 생긴 눈을 반들거리며 어디선가 자신을 지켜보고 있을 커다란 쥐를 떠올리자 오금이 저렸다. 철제문을 열고 나오면서 현수는 표독스러운 쥐의 주둥이가 날아오는 것 같아 엉덩이가 찌릿찌릿했다.

"스스스 소리가 나는데 쥐가 있는 거 같아요."

철공소로 올라온 현수는 안 감독한테 지하실에 같이 좀 내려가자고 부탁했다. 안 감독이 뭐라고 입을 열려는 차에 장편이 끼어들었다.

"어이구, 그 덩치로 조막만 한 생쥐를 무서워하나."

"아니에요. 어마무시하게 큰 쥐일 수도 있어요."

현수가 항의했다.

"동굴의 우상이라고 들어봤나. 제대로 모르면서 겁먹는 거, 세상에서 가장 어리석은 거지."

몇 년째 장편시나리오 하나를 붙잡고 있는 장편은 상황에 맞지 않은 대사로 김을 빼는 재주가 있었다. 다솜이 고개를 들었다. 장편을 보고, 현수를 본 뒤 태블릿으로 눈길을 돌렸다. 장편의 자리는 박은주와 다솜, 중간에 끼어 있었다.

다솜은 스케치를 하는지 고개를 숙인 채 태블릿 펜을 움직였다. 앞으로 나온 동그란 이마 위로 머리카락이 흩어져 있었다. 다솜이 왼손을 올려 머리카락을 머리 위로 넘기면서 무슨 말을 중얼거렸다. 현수는 다솜의 귀여운 이마에서 눈길을 억지로 떼서 장편의 좁고 길쭉한 얼굴을 보았다. 그 덩치를 해가지고… 라는 듯 고개를 절레절레 젓는 장편의 액션은 신경 쓸 것 없는데, 옆에 앉은 다솜이 자신을 우습게 볼 것 같았다.

"도시에 생쥐가 어딨어요. 다 잡아먹혔지. 틀림없이 시궁쥐예요. 시궁쥐는 몸통 길이만 자그마치 삼사십 센티인데, 그런 놈한테 물린다고 생각해보세요. 못 믿겠으면 같이 내려가 보든가요."

다솜이 듣고 있을 것을 의식하며 현수는 제법 시비조로 말을 했다. 지하실에서 들었던 스스스 소리에서 제법 부피가 느껴졌다는 말도 덧붙였다.

"시멘트 가루가 삭아서 떨어지는 소리 아닌가. 이 건물 지은 지 오래 됐지 아마. 그리고 쥐가 왜 스스거려. 찍찍거리지."

장편은 평소답지 않게 집요했다.

"앞니 빠진 쥐일 수도 있지. 역시 우리 장편옹은 발상의 전환

70

이 안 돼."

안 감독이 장난스러운 말투로 끼어들었다.

"헛소리는."

장편이 안 감독을 밉살스럽다는 듯 돌아보고는 고개를 빠르게 흔들었다. 기분이 언짢으면 나타나는 장편의 틱 증상이었다. 기분이 많이 언짢거나 당황하면 장편은 날벌레를 쫓듯 고개를 흔들면서 좁고 긴 얼굴을 부르르 떨었다. 장편을 약 올리려는 건지 안 감독이 스으으 소리를 길게 냈다.

"안 감독님, 지하실에 같이 좀 가요."

짓궂은 성격이 마음에 들지는 않지만, 철공소 안에서 무슨 일이 생기면 현수는 안 감독을 찾았다. 남들한테 짓궂게 구는 만큼 다른 사람 궂은일에도 발 빼지 않고 잘 나섰다.

안 감독과 둘이서 지하실을 구석구석 살피고 나서 현수는 결론을 내렸다. 이 건물 어딘가 분명 누수가 되고 있다. 천장에 얼룩이 없는 것으로 봐서 누수가 의심되는 곳은 지하실이었다. 화장실은 물론이고 예전에 탕비실과 창고로 썼던 곳의 아래쪽 벽에 희미하게 짙은 흔적 같은 게 있었다. 물이 번졌던 흔적인지 아닌지는 확실치 않았다. 아무튼 육안으로 누수 부위와 원인을 찾아내는 것은 어려웠다. 혼자 끙끙댈 사안이 아니었다.

*

"아버지 지금 어디예요?"

안 감독과 함께 지하실을 살핀 뒤 현수는 집으로 올라와서 경술에게 전화를 걸었다.

"일층치킨이다."

"아, 거기서 물 샌대요?"

경술이 알고 있다면 안심이다 싶었는데, 아니었다.

"엉? 어디서 물이 새냐?"

"그런 거 같아요. 어디서 새는지는 모르겠어요."

"허어 참, 일층도 지금 싱크대하고 문이 낡아서 교체해야 된다고 그러고, 오늘따라 왜 이러나."

경술이 전화 저편에서 목소리를 높였다. 돈이 들어가게 생겼다 싶으면 경술은 목소리가 높고 빨라졌다.

"수도세가 엄청 많이 나왔어요."

어차피 알아야 할 일이었다.

"얼마나? 얼마 나왔는데?"

"이십만 원 넘게 나왔어요. 다른 덴 다 살펴봤고요. 제 생각엔 지하실이 문제 같아요."

"너 지금 어디냐?"

"집에……."

경술이 전화를 끊었다. 전화를 끊고 2분도 안 돼 현관문이 열렸다. 아침마다 밥도 제대로 안 해놓고 약수터를 다니더니, 보통 운동이 되는 게 아닌 모양이다.

"뭐가 어찌 됐다고?"

현수가 바지 주머니에서 수도요금 고지서를 꺼내 경술에게 보여주었다.

"지하실에서 물이 새는 것 같아요. 벽도 눅눅하고……."

"날씨가 추우면 당연히 눅눅하지. 맨날 인터넷만 들여다보더만 그런 건 안 나오더냐."

경술의 지적에 현수가 발끈했다.

"온도 차 때문에 벽에 습기 끼는 거요? 그걸 왜 몰라요."

"손전등이나 들고 따라오너라."

경술이 휭하니 나갔다. 현수는 신발장 위에 놓인 손전등을 집어 들었다. 현수가 더듬거리며 내려가는 지하계단을 경술은 평지처럼 재바르게 내려갔다.

"한 번씩 여기 내려오셨어요?"

경술은 대꾸 없이 철제문을 밀고 들어섰다.

"아무도 없는데 불을 왜 켜놓고 나왔냐?"

"곧 내려오려고 했죠."

어릴 때부터 지겹게 들은 소리라 대답이 반사적으로 튀어나왔다.

경술이 혀를 차고는 화장실로 들어갔다. 현수는 창고 쪽으로 가서 주변을 다시 둘러보았다. 변기 뒤 물통 뚜껑을 여는 소리에 이어 물 내리는 소리가 났다.

"볼탑 밸브가 빠져 있어서 물이 줄줄 샜구먼."

경술이 화장실에서 나오며 말했다.

"배관 깨진 게 아니라 다행이다만."

볼탑 밸브 빠진 게 현수 잘못이라도 되는 양 경술이 현수를 3초쯤 노려보고는 싱크대 쪽으로 갔다. 건물관리를 한다는 명목으로 매달 용돈을 받고 있는 건 네가 아니냐는 뜻이겠지. 현수는 화장실로 들어가서 타일 벽을 둘러보는 척하고 나왔다.

"얼마 나왔다고?"

경술이 싱크대 아래 문짝을 열고는 현수를 돌아보았다.

"뭐가요?"

둥근 소파로 가서 앉던 현수가 움찔하며 물었다.

"뭐겠냐."

"아, 수도세요. 이십삼만 사천… 잠깐만요. 이십삼만 사천삼십원이요."

현수는 주머니에서 꺼낸 고지서를 펴서 읽었다.

"헐! 헐이다, 헐."

어디서 들었는지 경술은 몇 달 전부터 헐, 이라는 철 지난 유행어를 애용했다. 충격을 받은 표정은 아닌데, 고개를 뒤로 꺾은 채 천장을 보고 있던 경술이 입을 열었다.

"작년 겨울에 수도관 얼었을 때 열선 사다가 하루 종일 감은 사람이 누구냐?"

현수가 끙, 소리를 냈다. 경술이 쭈그리고 앉아 손전등으로 싱크대 안을 비추며 계속 느물거렸다.

"안방 문짝 안 닫히는 거, 창문에 뽁뽁이 붙이는 거, 그거 다 누가 했더라."

현수도 할 말이 생각났다.

"방충망은 제가 달았네요."

그것도 업체를 시킨 게 아니라 현수가 직접 만들어서 달았다, 라고 하면 좋겠지만 그런 건 아니었다. 작업실 초창기 멤버였던 웹디자이너가 간만에 손 좀 풀어볼까, 하고 나서준 덕분에 설치를 할 수 있었다. 생각해보니 작업실 한가운데 놓인 공용 탁자와 모양이 각각인 의자 네 개도 그 웹디자이너의 솜씨였다. 어느 날 아침 일찍 현수를 불러낸 웹디자이너가 동네 호프집에서 원목탁자를 내놓았더라며 같이 들고 오자고 했다. 그리고 이튿날부터 어디서 주웠는지 의자 네 개를 하나씩 날라 와서는 사포질과 왁스칠로 테이블 세트를 만들었다. 탁자는 상판과 다리에 요란한 무늬를 뒤집어썼다가 몇 달 뒤 의자까지 합쳐서 그라데이션 효과를 준 연파랑 페인트로 갈아입었다.

그 웹디자이너가 방충망을 설치할 때 현수가 조수 노릇은 톡톡히 했다. 현수는 웹디자이너가 끼적인 메모지를 들고 자재상에 가서 각목과 나일론 망과 쫄대를 사 왔다. 못과 망치는 집에서 가지고 내려왔다. 웹디자이너는 피자 시킵시다, 한마디를 던지고 작업을 시작했다. 한때 금형 공예를 했다더니 목재 틀을 조립하고, 각목을 끼우고, 못을 박는 손놀림에서 전문가의 포스를 풍겼다. 작업실 삼면이 유리창이라서 업체를 부르면 100

만 원쯤 들었을 방충망 설치 공사가 30만 원 남짓으로 해결됐
다. 피자 두 판을 배달해 먹은 가격이 포함된 액수였다.

방충망을 설치한 날, 현수는 경술한테 건물관리인을 자임하
면서 용돈 인상을 요구했다. 현수가 철공소 생활한 지 만 1년
이 돼갈 무렵이었다. 경술은 콧방귀를 뀌었는데 다음 달 용돈
을 30만 원에서 50만 원으로 올려주었다. 건물 구석구석 잘 살
펴라. 20만 원은 관리비다. 경술이 못을 박았다.

"방충망을 어떻게 달았기에 여름에 모기약 스프레이를 몇 통
씩 써대냐."

경술이 싱크대 밑 배관에 얼굴을 바싹 갖다 댄 채 타박했다.
저렇게 입을 자꾸 놀려대다간 날아드는 날벌레를 삼킬 것 같
았다.

"이번 달은 네 용돈에서 수도세 오른 만큼 뺀다."

"아버지!"

"여기는 별 문제 없는 거 같네. 다음번 고지서 나오는 거 봐서
업체를 부르든지 하자."

경술이 싱크대에서 머리를 빼내며 말했다.

"전 모르니까 아버지가 알아서 하세요."

업체고 뭐고 귀찮았다.

용돈을 깎인 게 이번이 처음도 아니었다. 현수한테 시키면 될
것을 경술은 굳이 스스로 나서서 수도관에 열선을 감고, 창문
에 뽁뽁이를 붙이고, 마루 뒤틀린 게 보기 싫다며 널빤지를 뜯

어내고 그 부분을 새로 짜 넣었다. 그러고는 관리비에 해당하는 20만 원을 깎고 주었다. 그럴 때마다 현수는 경술에게 당한 기분이었다. 오후 내내 수도요금 고지서를 들고 왔다 갔다 한 노력은 어디로 가고 용돈 삭감이라니. 허무했다.

"넋 놓고 있지 말고 일어나서 이거 같이 들자. 어쩌자고 저 안에 들어가 있나 원."

경술의 말에 현수는 뒤뚱거리며 소파에서 몸을 일으켰다.

"진열장 내가려고요?"

"자다가 봉창 두드리는 소리는. 이걸 앞으로 좀 옮겨놓자고."

현수는 오늘 경술에게 물어보려고 했던 게 문득 생각났다.

"아버지."

"귀 안 먹었다."

"세라 고모가 누구예요?"

경술이 진열장을 붙잡은 채 현수를 보았다.

"세라 고모가, 세라 고모지. 거기 잡아봐라. 하나 둘 셋 할 때 벽에서 한 뼘쯤 떼자."

현수는 경술이 시키는 대로 양손으로 진열장을 잡고 반대편에 선 경술을 쳐다보았다. 선반에 가려 코 밑으로는 보이지 않았다. 호리호리한 몸매로 비율이 좋아서 작다는 생각이 들지 않는데 경술의 키는 165센티를 겨우 넘었다. 고등학교 때 영화관에서 〈쿵푸팬더〉를 본 기억이 났다. 영화를 보면서 현수는 포와 오리아빠의 조합에 자신과 경술을 넣고 고민을 했다. 어릴 때 현수는 종종 그런 공상을 했다.

"어미가 안 보이네."

진열장 뒤에 새끼고양이 세 마리가 있었다. 거짓말 좀 보태서 머그컵만 하려나. 하여간 되게 작은 고양이 세 마리가 한 뭉치로 엉겨 있었다. 얼어 죽었나 싶어 마음이 짠해지는 순간, 앞발 하나가 앙증맞게 위로 올라왔다.

"움직인다."

하나가 움직이자 다른 애들도 꿈틀거리며 애벌레같이 뒹구는 동작으로 서로에게서 떨어졌다. 경술과 현수는 누가 하자고 할 것 없이 다시 진열장을 들어 한 자쯤 더 옮겼다. 스스스, 하는 소리와 함께 진열장 틈으로 에이포 용지가 몇 장 바닥에 떨어졌다. 자신들을 막아주던 벽이 밀려나가자 새끼고양이들은 넓은 공간에 있는 게 의아한 듯 에옹에옹 소리를 지르며 주변을 두리번거렸다.

"엄마 찾는 거 같은데요."

현수는 무릎을 꿇고 벽과 진열장 사이로 들어가 고양이한테 손을 내밀었다. 입 주변이 유독 까만 고양이가 가운뎃손가락에 매달리더니 입을 갖다 대고 잘근거렸다.

"수컷한테 쫓겨 왔나. 어째 새끼들을 이 구석진 데다 숨겨놓았을꼬."

"얘들 이대로 둘까요."

현수가 엎드린 채 경술에게 물었다.

"어디 다친 데는 없는지 봐라."

현수는 새끼고양이를 조심스럽게 건드렸다. 자기를 건드리는 것의 정체를 아는지 모르는지 세 마리가 다 꼬물거리며 손가락에 달려들었다.

"배고픈가 봐요. 손가락을 빠는데요."

"어미가 오면……."

"일단 구석에서 빼내야겠어요."

현수는 새끼고양이들을 두르듯 양팔을 바닥에서 둥그스름하게 맞잡고 무릎걸음으로 좁은 틈에서 빠져나왔다. 빗자루에 쓸려 나오듯 옮겨놓은 고양이들을 내려다보며 경술이 혀를 찼다.

"배가 홀쭉한 걸 보니 젖 구경 한 지 오래됐구마는. 어미가 변을 당한 게지."

"그럼 얘들 어쩌죠?"

경술을 올려다보며 현수가 다시 물었다.

"어쩌겠냐. 내다 버릴 수도 없으니 누가 거둬도 거둬야지."

*

"쥐가 아니라 고양이였어요."

스스스, 소리에 놀라 철공소 사람들 앞에서 호들갑을 떤 게 창피했지만 현수는 솔직하게 털어놓았다. 작업실이 있는 건물에 쥐가 돌아다닌다고 착각하게 만들어서 좋을 게 없다.

"도둑고양이가 지하실에 있어요? 어머, 고양이가 그 안에 어떻게 들어갔지?"

박은주가 묻고,

"고양이가 신묘한 동물이잖아. 우리 눈에 띄지 않아 그렇지, 따로 드나드는 문이 있을걸."

안 감독이 말했다.

계단으로 난 출입문 말고 지하실에 뒷문이 하나 더 있긴 하지만 고양이가 폐쇄된 문을 열고 들어오지는 않았을 것이다. 안 감독 말대로 고양이가 드나들 수 있는 구멍 같은 게 어딘가에 나 있을지도 몰랐다. 구멍이라는 건 어디든 있기 마련이니.

"이뻐요? 요즘 길냥이들은 되게 이쁘더라. 길냥이 같지가 않아."

"우리 동네도 예쁜 고양이들 엄청 많아요. 털도 깨끗하구."

은주의 말을 다솜이 받았다.

"고양이를 지하실에 놔두려고요? 길냥이들 먹을 거 없으면 쥐 같은 거 물어올지 모르는데?"

박은주가 심각한 표정으로 현수에게 물었다.

"아, 그게 사실은… 그것도 그러네요."

고양이들이 아직 젖도 안 뗀 새끼고양이라는 말을 하려다가 현수는 말을 얼버무렸다. 지하실에 한 손으로 쥘 수 있을 만큼 작고 앙증맞은 새끼고양이 세 마리가 있다고 알리는 순간 다들 우르르 몰려갈 게 뻔했다. 서로 만지려고 조심성 없이 내미는 손에 애들이 스트레스를 받을 수 있었다. 아까 경술과 지하실을 나올 때 현수는 고양이들을 3층 거실에 갖다 두려 했는데 경술이 말렸다. 혹시 어미가 먹이를 구해 돌아올지 모른다고 잠시 둬보자고 했다.

"집 안에 터를 잡은 고양이들은 진짜 길냥이들하고는 못 어울려. 사람 체취가 난다 싶으면 길냥이들이 끼워주지 않거든. 물어 죽이기도 하고."

고양이 가족을 소재로 애니메이션을 만든 적이 있는 안 감독이 말했다.

"살벌하구먼."

"생존본능이 원체 살벌하지. 잔인하기도 하고."

"그래서 우리가 시방 날씨도 좋은 휴일에 여기서 죽치고 있음이야."

다들 고양이 담론에 귀를 기울이고 있었던지 출입문에서 왼쪽 벽을 등 뒤로 하고 앉은 한의사와 김 사장이 너스레를 떨었다. 소설 동아리를 같이 한다는 한의사와 영상 장비 대여업체 김 사장은 주로 저녁시간에 나타나는데 오늘은 둘 다 일찍부터 나와 있었다. 환풍기 청소로 자금을 조달하면서 창작 공모전을 준비하는 웹툰도 일거리가 들어오지 않는지 아침부터 자기 책상에 붙어 있었다. 현수까지 여덟 명 전원이 다 나와 있는 것을 확인하자 작업실 공간이 꽉 차는 느낌이었다. 현수는 슬리퍼를 벗고 운동화로 갈아 신었다. 한 사람이라도 빠져주는 게 공기

정화에 좋지 싶었다.

"나가려고?"

타고난 기질인 듯 언제나 주변 상황을 파악하고 있는 안 감독이 물었다.

"네, 좀……."

좀 전부터 먹을 게 당기기도 했다. 오후 내내 지하실을 둘러보고 경술과 용돈 문제로 실랑이를 하느라 에너지를 써서인지 허기가 졌다. 편의점에서 먹을 걸 좀 사서 방에 틀어박혀 게임이나 해야겠다 싶었다. 요 며칠 일상의 즐거움인 만화와 게임을 너무 멀리한 것 같았다. 소소한 일상의 즐거움이 삶의 축이라 해도 과언이 아닌 현수한테 이건 좋은 징조가 아니었다. 누수 문제는 일단 해결이 됐으니 그렇다 쳐도, SNS든 어디든 송찬우에 대한 글을 올려야 한다는 생각 자체가 심한 스트레스였다. 복수를 꿈꾸며 현수의 글을 기다릴 세라를 생각하면 마음이 편치 않았다.

"그렇게 보는 시각이 잘못된 거지. 사람이든 고양이든 생존을 향한 본능은 아름다운 건데……."

고양이에 대한 담소를 접은 파장 분위기에서 뒷북을 칠 사람은 장편밖에 없었다. 다들 잠잠했다. 살벌하지. 잔인하기도 하고. 고양이의 본능에 대해 떠들었던 한의사나 김 사장이 한마디 해줄 만한데 조용했다. 둘 다 거북목을 한 채 모니터를 들여다보며 키보드를 두드리고 있었다. 아무도 받아주지 않은 장편의 목소리가 소화되지 않고 굳은 젤리처럼 어정쩡한 상태로 공중에 떠 있는 게 눈에 보일 지경이었다. 이제 곧 얼굴을 바르르 떨면서 틱 증상을 드러낼 장편의 딱한 모습을 보게 될 참이었다.

"하긴, 본능 자체는 죄가 없죠."

장편의 귀에 들리게, 그러나 대화가 이어질 정도는 아니게 현수가 우물거리며 말했다. 수다로 보낸 시간을 벌충하듯 서로에게 시침을 떼면서 불시에 가라앉는 순간이 철공소에는 자주 있었다. 이럴 때 현수는 서늘해졌다. 철학공작소의 이런 순간들을 현수는 일종의 존경심과 조심스러움을 갖고 받아들였다. 초봄의 휴일을 피해 한 명도 빠짐없이 나와 자리를 지키고 있는 작업실은 현수마저 이방인으로 내모는 그들만의 공작소이고, 꿈의 공장이었다. 길고양이에게 쫓긴 어미고양이가 뒤뚱거리며 지하실로 숨어들 듯 현수는 자신의 동굴 속으로 숨어들기 위해 철공소를 나왔다.

버킷리스트

기린시장 정류장에서 내려 시끌벅적한 아케이드를 지나자 새마을금고가 보였다. 새마을금고가 들어 있는 건물 입구에 서서 현수는 주머니에 든 명함을 꺼내 층수를 다시 확인했다. 엘리베이터에서 꼭대기 층인 5층을 누르고 거울을 보았다. 잠을 잘못 잤는지 머리가 한쪽으로 뻗쳐 있었다.

♡하모니 결혼중매소♡

예쁘장한 문패가 달려 있는 문 앞에서 현수는 심호흡을 하고 손잡이를 잡았다.
"누구신가?"
계단을 내려오던 여자가 현수에게 물었다. 가까이 온 여자한테서 담배냄새가 났다.
"강세라 소장님 좀 뵈려고요."
"상담하실라고? 추운데 들어오지."
여자가 문을 활짝 열고 먼저 들어가라는 시늉을 했다.

84

"커피? 녹차? 우리 잘생긴 총각한테 뭣을 좀 드릴까?"

"아, 저기, 제가 상담하려고 온 게 아니고요."

현수는 소파에 앉으려다 도로 일어서며 손을 내저었다. 시장 주변에 커피숍도 있던데 사무실까지 오랄 건 뭐람. 속으로 투덜대며 현수가 입을 열었다.

"사실은 세라 고모가……."

"아이그, 알아요, 알아. 강 소장 조카라며? 강현수? 아니, 민현수인가? 곧 올 거니까 편히 앉아요."

'김정숙 소장'이라는 명패가 놓인 책상 옆으로 가면서 여자가 말했다.

사무실은 생각보다 좁았다. 좁아서 좁다기보다 창가에 놓인 크고 작은 화분과 가습기와 고운 색깔의 돌멩이가 들어 있는 유리병들, 책상 두 개를 덮고 있는 사무용품과 두꺼운 파일들로 사무실 공간이 꽉 찬 느낌이었다. 한쪽 벽면을 가린 책장에는 소설과 에세이와 잡지가 빼곡하게 꽂혔고, 군데군데 봉사활동 감사패와 액자사진이 세워져 있었다.

"만화도 있네요?"

현수가 반가운 듯 말했다. 책장 한쪽에 몰려 있는 『치에코 씨의 소소한 행복』, 『신과 함께』, 『노다메 칸타빌레』, 『아만자』가 눈에 띄었다. 『신과 함께』와 『아만자』는 현수도 좋아하는 만화였다. 요시다 아키미는 시리즈별로 구비해놓은 듯 한 칸에 조르륵 꽂혀 있었다.

"강 소장이 저렇게 사 모은다. 한가한 날은 만화책 펴 들고 있어. 뭔 재미로 보는지."

책상에 놓여 있던 휴대폰을 들여다보면서 정숙이 말했다.

"세라 고모가요?"

뜻밖이었다. 세라가 미간에 주름을 세운 채 만화를 보고 있는 모습을 떠올리자 피식 웃음이 나왔다.

"왜, 강 소장이 고등학교 때부터 만화를 좋아했어. 공책 뒤에 만화 그리다 선생님한테 들켜 야단도 맞고…… 만화가가 되고 싶댔는데 학예회 연극 바람에 꿈이 날아갔지."

정숙이 휴대폰을 내려놓고 출입문 쪽으로 갔다. 출입문에서 45도로 비스듬히 꺾어지는 벽에 작은 문이 있었다. 한가운데가 마름모꼴 유리창으로 장식된 문을 열자 싱크대와 냉장고가 보였다. 정숙이 들어가자 문이 저절로 닫혔다.

"다른 직원은 없어요?"

현수가 마름모꼴의 불투명한 유리를 보며 물었다.

"그런 거 없어. 둘이서 꽁냥꽁냥 해도 충분해."

잠시 후 문이 열리고 정숙이 머그잔 두 개를 쟁반에 받쳐 들고 나왔다.

"우린 처음부터 일 크게 벌이지 말자고 했거든. 요즘은 컴퓨터 프로그램이 좋아서 따로 직원을 둘 필요도 없고."

머그잔을 탁자에 내려놓고 정숙이 탁자 맞은편 소파에 앉았다. 정숙은 살집 좋은 어깨에 상반신이 둥글둥글하고, 얼굴도

둥글둥글해서 세라하고는 완전 딴판이었다. 현수를 보고 있는 정숙의 눈에 웃음기가 어렸다. 정숙이 벙글벙글 웃으면서 바라보는 게 부담스러워 현수는 질문을 계속했다.

"프로그램이라면, 어떤 프로그램인데요?"

"매칭 시스템 프로그램. 입회할 때 신상정보랑 희망조건을 입력하면 알아서 짝을 지어줘."

"아, 네."

어떤 프로그램인지 대충 알 것 같았다. 회원들의 희망조건과 점수로 환산한 스펙이 서로 일치하는 순서로 연결시키는 프로그램일 것이다.

"이따 강 소장 오거든 현수 조카도 한번 해봐. 이게 5순위까지 짝을 지어주는데, 특별히 무료로 해줄게."

"아뇨, 저는 아직……."

현수는 이마를 긁으면서 얼굴을 붉혔다. 정숙이 머그잔을 입으로 가져가며 웃었다. 뚱뚱한 사람 처음 보나. 왜 자꾸 웃지. 뚱해지는 순간 머릿속에 물음표가 반짝 켜졌다가 꺼졌다. 좀 전에 정숙이 말했던 어떤 대목에서 뭔가 신경에 탁 걸렸는데…

"그 매칭 프로그램 작업은 누가 해요? 김 소장님이 하세요?"

"나?"

정숙이 둥그런 눈을 더 크게 뜨더니 팔을 저었다.

"나는 그런 갑갑한 일을 못해. 사무실 일은 다 강 소장 담당이야. 회원들 관리며 경리, 회계 전부 저걸로 다해. 멋들어진 시를 그림에 턱 얹어서 우리 홈피에 올리기도 하고, 아주 컴퓨터 도 사야."

정숙의 말에 현수는 머리를 한 대 쾅 쥐어 박힌 느낌이었다. 현수 앞에서 컴맹인 것처럼 굴던 세라는 최소한 회원관리프로그램과 경리회계프로그램을 다룰 줄 알았던 것이다. 머그잔에 든 커피를 홀홀 마시던 정숙이 일어나 자기 책상 쪽으로 갔다. 책상 위에서 부르르 떨어대는 휴대폰을 귀에 대고는 현수를 향해 눈을 찡긋했다. 어, 나야. 지금 와 있어. 정숙이 휴대폰에 대고 말했다. 세라의 전화인 듯했다. 정숙이 아이고 알았다니까, 하는 말을 반복하며 무슨 말을 했지만 귀에 들어오지 않았다.

컴퓨터 다루는 것도 어렵고 글을 써서 인터넷에 올리는 것도 서툴러서 그래.

현수의 머릿속에서는 며칠 전 맥도날드에서 세라가 했던 말이 왕왕거렸다.

"강 소장이 척추도 해야 하고, 물리치료가 길어질 거라네. 한시 지나서 올 거 같으니까 전화 몇 통 돌리고 점심 먹으러 가요."

"아, 아뇨. 전 괜찮아요."

현수가 손을 내저으며 시계를 흘깃 봤다. 열한 시 삼십 분을 지나고 있었다.

"저 잠깐 나갔다 올게요. 시장 구경도 좀 하고. 한 시 안에 들어올게요."

"뭔 소리야. 시장 구경할 게 뭐 있다고. 조카 점심 안 먹이면 나중에 세라한테 내가 쿠사리 먹어."

네, 그럼… 현수가 웅얼거렸다. 용돈도 떨어진 판에 점심 한 끼 때워서 나쁠 건 없지 뭐.

통화를 연달아 몇 통 하고 나서 정숙은 건물 뒤편 식당으로 현수를 데려갔다. 식당 이름이 앞뒤 없이 '가정식 백반'이었다. 메뉴판으로 쓰는 어린이용 화이트보드에 '오늘의 백반 고등어 조림'이라고 손글씨가 쓰여 있었다.

"여기 백반 유명해. 젊은 사람들이 일부러 찾아와서 밥상 사진도 찍어가데."

방에 자리를 잡고 앉으며 정숙이 일러주었다.

"이 집 딸내미 중매를 내가 섰잖아. 그때는 내가 보험 할 때였거든. 중매 잘 섰다고 이 집에서만 네 계좌를 들어줬다니까 글쎄."

"보험 하셨어요?"

둔내리에 내려가기 전, 그러니까 명수가 죽기 전에 복임도 몇 달간 보험회사에 나갔다. 현수의 기억으로는 초등학교 2학년 새학기가 시작됐을 무렵이었다. 복임은 아침마다 정장을 차려입고 집을 나갔다. 명수와 현수는 복임이 회사에 출근하는 모습이 신기했다. 경술이 출근하고 나면 설거지를 마친 복임이 화장을 하고, 투피스 정장으로 갈아입고, 숄더백과 두툼한 파일을 팔에 껴안고 집을 나섰다. 두어 달이 지난 어느 날, 복임이

마루에 파일을 펴놓고 명수와 현수를 불렀다. 마당에서 함께 구슬치기를 하면서 놀던 명수와 현수는 복임에게 달려갔다.

"엄마가 명수랑 현수 교육보험을 들어놨어."

복임이 들뜬 목소리로 말하며 명수와 현수를 양팔로 끌어안았다. 복임에게서 나는 진한 화장품 냄새에 명수와 현수는 꽥꽥거리며 떨어졌다. 복임이 보험을 하러 다니기 시작하면서 값나가는 장난감이 하나둘 생겼다. 그해 여름방학이 끝날 즈음이었다. 복임이 회사에서 아직 돌아오지 않은 오후에 자전거가 배달돼 왔다. 먼저 자전거에 올라탄 명수는 오후 내내 마당을 돌며 연습을 했다.

"형아, 나도 타보자."

"나중에."

"나중에 언제? 아까부터 형아만 탔잖아."

명수는 현수의 말이 들리지 않는 척 페달을 밟으며 마당을 빙빙 돌았다.

"씨, 엄마 오면 다 이를 거야."

"백번 일러봐라. 병신아. 엄마는 네 편 안 들어주거든."

그건, 그랬다. 엄마한테는 늘 명수 형이 먼저였다. 새 장난감은 언제나 명수가 먼저고, 새 옷도 새 신발도 명수가 먼저였다. 명수 것을 살 때 현수한테 같은 걸 사줄 때도 있었지만, 현수는 주로 명수가 쓰던 것을 물려받았다. 외식하는 날 경양식 집에 가면 복임은 돈가스를 뚝 떼어내 명수 접시에만 담아주었다.

명수가 형이니까. 매번 복임이 덧붙이는 말이었다.

　명수가 형이지만, 돈가스는 몰라도 자전거를 포기할 수는 없었다. 명수는 현수가 고장 낸다고 자전거에 손도 대지 못하게 했다. 현수는 화단 옆에 세워둔 자전거를 타려고 달려가다가 명수가 내민 발에 걸려 마당에 코를 박았다.

"그러면 안 되지. 둘이서 번갈아 가면서 타야지."

　현수의 고자질에 먼저 퇴근한 경술이 성의 없이 타일렀다.

"명수야, 혼자만 타지 말고 현수도 한번 타게 해줘. 알았지?"

　저녁밥상에서 복임이 명수에게 약속을 받아냈다. 명수가 자전거 주인인 것처럼 말하는 복임의 말에 현수는 낮에 넘어졌을 때보다 더 분하고 서운했다. 심지어 명수는 현수에게 한번 타게 해주라는 말도 듣지 않았다. 어른들이 출근하고 없는 집에서 두 살 터울의 형은 동생에게 제왕이고 재앙이었다.

"강 소장 조칸데 우리 언니 음식 맛 좀 보여주려고 데려왔어요."

　손을 닦고 오겠다며 나갔던 정숙이 음식상을 든 아주머니 뒤를 따라 들어왔다. 음식을 늘어놓는 아주머니에게 정숙이 치사를 했다.

"어휴, 이렇게 주고 나면 뭐가 남아."

"맛나게 잡수시오. 모자라면 더 드릴 텐께 총각도 많이 자시오."

　식당 아주머니가 인정스럽게 말하고 나갔다. 정숙이 밥상을 훑으며 흡족하다는 표정을 지었다.

"시장통에 가까운 식당들이 인심이 좋아. 여기 올 때 버스 타고 왔으면 기린시장 안으로 해서 왔겠네?"

먹는 거 앞에서는 오직 먹는 데만 집중하는 현수와 달리 정숙은 음식을 먹으면서 수다를 그치지 않았다.

"네, 아케이드 안으로요. 손님들 많던데요."

"돈이 도는 시장이지. 내가 보험 할 때 딱 알아보고 여길 내 구역으로 잡았잖아. 대소사 챙겨주고, 어느 집에 노처녀가 있다 하면 선 자리도 알아봐 주고… 보험 할 때도 중매 해달라는 사람들이 그렇게 많더라고. 그래서 보험대리점에 있던 강 소장을 꾀어냈지. 그때는 세라가 대리점 경리로 있었거든. 출판사 나와서 헤맬 때 내가 거기 넣어줬잖아. 엄마야, 꼬막 이거 너무 맛있네. 맛있지?"

"네, 맛있어요."

진짜 맛있었다. 꼬막무침뿐 아니라 고등어조림도 신선하고 구수했다. 입에 넣자마자 담백한 살이 부드럽게 씹히면서 목구멍으로 저절로 넘어갔다. 경술이나 현수나 밥상 차리는 게 지겨워서 종종 백반을 시켜 먹는데, 복임이 차려주는 밥상과는 한참 달랐다. 이 집은 말 그대로 가정식 백반이었다.

"이 동네 사무실 내고 시장 사람들이 우릴 많이 도와줬어. 우리가 욕심 안 부리고 회원들 입장에서 일을 좋게 하니까 서로 신뢰가 쌓였지. 이제 기 빨려가며 영업 안 해도 될 만치 자리를 잡았는데, 글쎄 강 소장이 고만둔다고 고집이다."

"세라 고모가 정말 일을 그만두나 보죠?"

"현수 조카한테도 그랬어? 그만둔다고?"

"할 일이 있다고⋯⋯."

현수는 메추리알을 입안에 잔뜩 집어넣고 말을 얼버무렸다. 친구이자 동업자인 정숙에게 못한 말을 자신에게만 털어놓았을 것 같지는 않지만 그래도 모를 일이었다.

"할 일? 무슨 할 일?"

정숙이 밥을 국에 말아서 숟가락을 꽂아놓고 물었다.

"그게⋯⋯."

"송찬우 그 자식 죽이재?"

정숙이 아무렇지 않게 꺼내놓은 말에 현수가 얼빠진 표정으로 물었다.

"아셨어요?"

"송찬우? 그럼 모를까. 우리 고등학교 때 연극부 강사로 온 놈이지. 그 시절에는 연극이 붐이어서 인문계는 모르겠는데 상고나 여상에는 연극부가 더러 있었거든. 첫날 강사로 와서 하는 거 보니까 딱 알겠더라. 저거 사이비다. 내가 촉이 좋잖아. 세라가 한창 그 인간하고 붙어 다닐 때 내가 그렇게 말렸다. 말린다고 듣나. 눈에 뭐가 씌어놓으니 이게 내 말을 들어 처먹질 않더라. 그래놓고 이제 와서 왜 저러는지 모르겠다. 아닌 말로 그 자식 죽이려면 애까지 두고 튀었을 때 진작 죽였어야지."

현수는 숟가락질을 멈췄다. 애까지 두고… 애가 있다는 말을 세라는 한 적이 없다.

"뭘 놀래. 현수 조카 시켜서 송찬우를 작살낼 거라고 세라가 이야길 다 해주더만."

역시 돈 문제가 아니었던 거다. 그 사람은 가족이 있는 삶에 대해 말할 자격이 없어. 흉하게 얼굴을 일그러뜨리던 세라의 표정이 떠올랐다.

"예전에는 사생아라고 소문나면 다들 손가락질하고 그랬어. 사생아하고 친해질까 봐 자기애 반을 바꿔달라는 여편네도 있었어. 세상엔 덜떨어진 인간들 참 많아요."

정숙은 말을 하면서 흥분했는지 우거짓국에 반찬을 마구 퍼 담았다. 돼지국밥처럼 만들어놓은 국밥을 먹느라 잠시 조용해진 정숙을 보고 있다가 현수가 물었다.

"세라 고모한테 애가 있어요?"

"애 없어."

정숙이 말했다.

"금방 애 있다고……."

"두 살 땐가 세 살 땐가 미국으로 입양 보냈어. 사생아로 기르느니 그 편이 백번 낫지. 강 소장이 노상 통증에 시달리고 몸이 뻣뻣해져서 물리치료 받고 하는 거, 그거 다 마음에 골병이 들어서야. 원래 몸이 좀 안 좋긴 했지만 저 정도는 아니었거든. 오죽하면 이제 와서 저 착해빠진 것이 죽기 전에 코 푼다고 난리겠어. 암튼 요 며칠 현수 조카 이야기만 하던데, 조카 노릇 잘해 줘. 그렇다고 강 소장이 누구한테 폐 끼치고 그럴 사람도 아니고.”

“네…….”

조카 노릇이라는 말이 생뚱맞게 들렸지만 현수는 그냥 듣고 넘겼다. 친조카가 아닌 것을 정숙도 모르지는 않을 것이다.

“진짜 마음 좀 써줘. 이런 말 하긴 그런데, 조카한테도 나쁠 거 없어. 강 소장이 워낙 야무져서 저래 봬도 형편이 남부럽잖아.”

*

기다란 소파에 옆으로 누워 있던 세라가 두 사람이 들어오는 것을 보고 몸을 일으켰다. 병원에 있다가 와서 그런지 창백한 얼굴이 누가 봐도 병자 같았다. 세라가 부스스한 머리를 손으로 만지며 소파 한쪽으로 옮겨 앉았다.

“점심은? 또 거른 거 아니지?”

정숙이 세라 맞은편 소파에 앉으며 물었다.

“백반집 갔다 왔어?”

“응, 이따 퇴근할 때 가서 꼬막 좀 얻어 가려고. 그 인간이 꼬막이라면 사족을 못 쓰잖아. 우리 애들도 좋아하고.”

현수는 일인용 소파에 엉덩이를 내려놓았다. 잠시 입을 다물고 앉아 세라와 정숙이 주고받는 잡담을 들었다. 착각인지 모르지만 현수가 책장을 훑어보다 고개를 돌리는 순간 세라와 정숙이 눈짓으로 신호를 주고받는 낌새였다.

뭐야, 이 수상한 분위기는. 아줌마 둘이서 나를 놓고 신호를 주고받을 일이 있나.

현수는 부루퉁한 표정으로 두 사람을 번갈아 보았다. 느낌상, 현수하고 시간을 어떻게 보냈는지 묻고 별일은 없었다고 대답하는 분위기였다. 또한 느낌상, 세라는 어차피 점심시간을 넘긴 시간에 올 거면서 약속시간을 일찍 잡았을 거라는 확신이 들었다. 굳이 열한 시까지 사무실로 현수를 오라고 한 건 엄청 말 많은 정숙을 만나게 하려고 그랬을 것이다. 정숙이 한 얘기 중에서 세라가 말하지 못할 무슨 특별한 정보라도 있었던가. 백반집에서 주고받았던 대화를 떠올리는데 정숙이 말했다.

"이 닭기 전에 한 대 피우고 와야겠다. 한 시 반에 회원 방문 있는데 어쩔래?"

"상담해. 난 현수랑 기린에 가서 있다 올게."

현수를 돌아본 정숙이 난데없이 공모자 같은 표정을 지었다.

"현수 조카, 내가 해준 이야기, 포인트가 뭔지 알지?"

현수는 눈을 끔벅거리며 정숙을 보았다. 정숙이 담뱃갑을 쥔 주먹으로 파이팅을 하고 나갔다. 현수는 포인트가 뭐였는지 전혀 감이 잡히지 않았다. 죽어 마땅한 송찬우? 미국으로 입양된 애 이야기? 세라 고모의 조카 노릇? 한 시간 남짓 쏟아놓은 정숙의 수다가 국그릇에 몰아넣은 밥과 반찬들처럼 걸쭉하게 섞여서 포인트를 짐작할 수가 없었다.

세라는 아케이드를 통과해서 기린시장 입구에 있는 2층 카페로 갔다. 아까 버스에서 내리면서 봤던 카페였다. 카페 문을 열고 들어가자 냅킨을 정리하고 있던 남자가 세라를 보고 어색하게 웃었다. 세라도 남자를 보며 어색하게 웃었다. 어색한 농도와 웃음의 색깔이 비슷해 보였다.

세라가 햇볕이 들어오는 창가 테이블로 가서 앉았다. 현수는 세라 맞은편에 앉았다.

"그 자리, 눈이 시릴 것 같은데요."

현수가 앉은 자리 바로 옆은 창과 창 사이의 벽이어서 그늘이었다.

"의사 명령이야. 골다공증으로 뼛속이 비었으니까 무조건 햇볕을 많이 받으래."

그렇게 말하면서 세라가 가방에서 선글라스를 꺼냈다.

세라는 선글라스를 끼고 잠자코 현수를 바라보았다. 새까만 선글라스를 쓴 사람과 이렇게 가까이서 마주 보며 앉아 있기는 처음이었다. 선글라스에 꽉 찬 자신의 얼굴을 바라보고 있자니 편치가 않았다.

현수는 눈길을 돌려 카페를 둘러보았다. 기린시장 입구여서 위치가 좋은 것 같은데 손님이 없었다. 카페 남자가 One Summer's Day로 음악을 바꿨다. 커피가 끓고 있는 사이폰 옆에서 카페 남자가 모니터를 들여다보고 있었다. 유튜브로 음악을 고르는 것 같았다.

"음, 이 곡 좋더라."

허리를 꼿꼿이 세운 채 새까만 선글라스를 끼고 있어서 장님처럼 보이는 세라가 입을 뗐다.

"히사이시 조 좋아하세요?"

"쉬고 싶을 때 여기 와서 앉았다 가는데, 이 곡을 잘 틀어줘."

세라가 음악을 감상하려는지 입을 다물었다.

"겨울 끝무렵에 어울리는 곡이죠?"

카페 남자가 폼나게 인사를 하며 커피를 내려놓았다. 세라 앞에는 반쯤 찬 드립커피를, 현수 앞에는 우유거품이 두껍게 올라앉은 카푸치노를 놓았다. 따로 주문을 넣지 않았는데 어떻게 알고, 하는 눈길로 현수가 남자를 쳐다보았다.

"취향이 아니시면 드립커피를 내려 드리겠습니다."

"아니, 이거 좋아요."

현수가 얼른 커피잔을 들어 입에 가져갔다. 커피 중에 제일 좋아하는 게 카푸치노였다. 너무 독하거나 진하지 않으면서 부드럽고 달달한 맛이 현수의 입에 맞았다.

"맛이 좋은데요."

입에 우유거품을 묻힌 채 현수가 말했다. 카페 남자가 고개를 약간 숙였다. 맛있게 드세요. 남자가 인사를 하고 주방으로 갔다. 입가에 희미한 웃음을 묻힌 채 남자의 뒷모습을 바라보던 세라가 고개를 돌렸다. 선글라스를 쓰고 있어 세라가 무엇을 보고 있는지 잘 분간이 되지 않았다.

"카푸치노가 왜 카푸치노인지 아세요?"

커피 잔 위에서 흔들거리는 우유거품에 입에 대며 현수가 세라에게 물었다. 세라의 눈길이 현수가 쥐고 있는 커피 잔을 물끄러미 보고 있는 듯했다.

"카페라떼하고 들어가는 건 똑같아요. 에스프레소, 우유, 우유거품. 이 세 가지 중에 우유거품이 조금 더 많은 걸 카푸치노라고 해요. 이 이름이 어디서 유래됐냐면……."

세라는 선글라스 뒤에서 무표정한 얼굴로 앉아 있었다. 피곤해 보였다. 정숙이 세라와 통화할 때 척추 어쩌고 하던 게 기억났다. 세라가 어쩌면 심각하게 아픈 사람인지도 모르겠다는 생각이 들었다.

"김 소장님 말씀이 월요일마다 병원 가신다면서요?"

"음, 염증수치도 확인하고 물리치료도 받고……."

세라는 치료에 대해 자세히 말하고 싶어 하지 않는 눈치였다. 현수는 아까부터 망설이던 말을 꺼냈다.

"궁금한 게 하나 있는데요."

세라가 눈썹을 치켜세웠다. 선글라스 뒤에서 깜박이는 눈이 어렴풋이 보였다.

"그날 저 우연히 만났잖아요. 우연히… 맞죠?"

세라는 대답하지 않고 가만히 있었다. 선글라스 때문에 세라의 표정을 읽을 수가 없었다. 현수가 다시 말을 이었다.

"저를 만나지 않았으면, 송찬우 작살내는 아르바이트요, 다른 누구한테 그 일을 맡기려고 했어요?"

"아니. 그러지 않았겠지."

"그러니까요. 생각해보니까 이상하더라고요. 왜 하필 저한테……."

고개를 한쪽으로 기울이고서 대답을 궁리하는 듯싶던 세라가 한숨을 내쉬었다.

"부딪쳐보면 잘했다 싶을 거야. 현수한테 나쁜 일 아니야."

그거야 모를 일이었다. 현수는 탁 털어놓고 물었다.

"혹시 우리 아버지한테 갚을 돈, 백수로 빌빌거리는 저한테 줘버리자. 뭐 그런 거예요? 일은 그냥 핑계고?"

"왜, 이 일을 하기 싫어서 그래?"

싫다면 굳이 일을 맡기고 싶지 않다는 투로 세라가 말했다. 현수는 들어 올렸던 커피 잔을 도로 내려놓았다. 갑자기 냉정해진 말투가 은근히 서운했다. 싫으면 그만두렴. 어리광을 머쓱하게 만드는 복임의 차분하고 냉정한 말투를 현수는 싫어했다. 손을 탁 놓아버리는 것 같은 말투에 현수는 매번 마음을 다쳤다. 세상에는 결코 면역이 되지 않는 게 있는 법이다.

"아뇨, 하기 싫다는 게 아니라… 실은 어젯밤에 글을 하나 올려놓긴 했어요."

현수가 주눅 든 애처럼 더듬거리며 말했다. 세라가 선글라스를 벗고 현수를 의미심장하게 바라보았다.

"잘했다. 읽으려면 어디로 들어가면 돼?"

세라가 물었다.

"양명신문사 홈피에 올렸어요. 자유게시판에요. 아침에 들어가서 봤는데 몇 명 읽지도 않았더라고요."

"일요일 밤에 올리고 오늘 아침에 확인했으면 조회수가 적은 게 당연하지."

세라가 말했다.

"그건, 그렇죠. 제목을 '돈 떼먹고 오리발'로 붙였어요. 실명은 안 밝히고요."

"잘했네."

"실명 밝힐까요?"

"한 번 올리고 말 건 아니잖니. 다음번에 봐서."

세라가 한발 빼는 투로 말하고 다시 선글라스를 썼다.

"아까 김 소장님이 저한테 세라 고모 이야기를 들려줬어요. 아이 이야기도 했고요."

현수는 선글라스에 비친 자신의 얼굴을 보면서 말을 꺼냈다. 세라는 계속해보라는 듯 가만히 있었다.

"미국에 양자로 보냈다는 이야기 들었어요. 송찬우하고 어떤 관계였는지도 들었고요. 앞으로 글을 계속 올려서 송찬우를 건드리면 그 피해자가 고모였다는 게 주변사람들한테 알려질 수 있어요. 어쩌면 그 아이한테도요. 그런데도 이 일을 계속해요?"

현수는 세라가 선글라스 뒤에서 자신을 쏘아보는 게 느껴졌다.

"그냥 해."

세라가 딱 잘라 말했다.

*

기린시장에서 집까지 바로 가는 버스는 82-1번 한 대뿐이었다. 현수는 안내표지판 옆에 있는 벤치에 엉덩이를 걸치고 휴대폰을 꺼내 RPG에 접속했다. 며칠 전에 새로 깐 건데 업데이트가 줄줄이 떴다. 이크, 싶어 바로 빠져나왔다. 요금폭탄 맞으면 이번 달에는 죽음이었다.

"아직 안 가고 있었네."

현수는 익숙해진 목소리의 주인공에게 고개를 돌렸다. 카페에서 나와 아케이드로 타박타박 걸어갔던 세라가 옆에 서 있었다.

"같이 갈 데가 있어. 오후에 시간 있지?"

"아뇨, 저……."

"택시 온다."

세라가 손을 들어 택시를 잡았다. 백수가 불편한 게 바로 이럴 때다. 바쁜 것으로 치면 직장인보다 크게 덜 바쁜 것도 아닌데 해야 할 일을 대기가 마땅치 않다는 것. 세라를 방문하느라 날린 오늘 오전과 오후의 몇 시간에 대해 백수라는 이유로 생색을 낼 수조차 없다. 억울한 노릇이었다. 남들한테야 백수의 하루지만, 사실 현수의 하루는 일과 놀이와 휴식이 절묘하게 균형을 이루고 있었다. 게으르고 한갓져 보인다고 해서 함부로 끼어들어 균형을 깨는 건 온당치 않았다.

현수의 하루는 아침을 먹고 2층 철공소로 내려가는 것으로 시작된다. 철공소를 들어서면 일단은 관리자 모드로 움직인다. 작업실 환기를 시키고 화장실을 청소하고 복도에 내놓은 쓰레기통 비우기를 일사천리로 해치운다. 일주일에 한 번, 계단청소도 한다. 늦잠을 잤을 경우, 이 모든 과정을 과감하게 생략한다.

컴퓨터 앞에 앉아 맨 처음 하는 일은 즐겨찾기를 해놓은 사이트를 열어보는 거다. 사이트를 돌아보며 링크를 걸어놨거나 복사해 온 뉴스를 훑는다. 어떤 것은 재빨리, 어떤 것은 차분히. 취향에 맞는 사람들에 의해 걸러진 뉴스를 읽으면 세상을 편파적으로 보게 되는 위험이 있지만, 스트레스를 받을 위험은 줄어든다. 정치뉴스가 아니어도 세상에는 열 받게 하는 일이 많다. 뭐 저딴 인종이 다 있나 싶은 사람도 많고, 보고 듣는 것만으로 외상후스트레스장애에 시달릴 것 같은 사건도 많다. 거슬리는 세상은 할 수 있는 한 차단하는 게 좋다.

점심을 먹고 나서는 그때그때 흥밋거리로 다루는 주제를 집중적으로 서치한다. 좀비영화가 유행할 때 현수는 왠지 모르게 좀비에 끌려서 관련된 글들을 모조리 찾아 읽었다. 작년에는 수제맥주에 꽂혀 구글 지도를 띄워놓고 지구 곳곳에서 만들어지는 수제맥주를 추적하고 맥주박물관을 뒤졌다. 맥주에 대한 자료를 읽고 음미한 다음에는 수제막걸리를, 수제막걸리 다음에는 전통주 제조법까지 밀고 나갔다. 그냥 읽고 넘어가는 게 있고, 자료가치가 높거나 삭제될 가능성이 있는 것들은 따로 긁거나 캡처해서 자신이 운영하는 비공개 카페에 저장했다.

세 시쯤에는 집으로 올라가 짧은 낮잠을 잤다. 낮잠 대신 만화를 보거나 게임을 하며 침대에서 미적거리기도 했다. 철공소로 돌아온 오후는 연관검색어의 시간대라 할 수 있었다. 눈앞에 음식이 있으면 바닥이 보일 때까지 숟가락질을 멈추지 않는 폭식가답게 현수는 눈에 띄는 것들을 모조리 읽어치웠다. 음식에서나 읽을거리에서나 맛이나 질을 크게 따지지 않았다. 모든 게 대체가능한 세상에서 2프로 부족하다는 식으로 까탈을 부리는 건 고약한 태도라고 현수는 생각했다.

머리가 포화상태가 되면 소화 장애가 온 것처럼 머리와 몸이 동시에 뻑적지근해졌다. 그럴 때는 다음 팁이나 네이버 지식인 같은 문답 서비스에 들어가서 답글을 썼다. 일종의 워밍업이었다. 워밍업 뒤에는 머리에 축적된 정보를 들춰가며 위키백과나 나무위키의 항목에서 잘못된 내용을 수정하고, 보충하고, 새로운 항목을 작성했다. 그러다 철공소 사람들이 하나둘 자리를 정리하고 나가면 현수도 모니터를 끄고 일어섰다.

철공소를 나오면 길모퉁이에 있는 동네슈퍼에 가거나 길 건너편 편의점에 가서 맥주와 소시지와 콘칩을 사 들고 집으로

왔다. 사 들고 온 것들을 바닥에 풀어놓고서 책장에 기대 손에 잡히는 책을 꺼내 읽었다. 뮤토렌트에 최신영화가 올라온 날은 다운로드해 끝까지 다 보고서 하루를 마감했다.

별일 없는 한 현수의 하루는 그렇게 흘렀고, 365일이 그렇게 흘렀다. 직장도 없고, 고등학교와 대학교의 동창 모임에 나가본 적이 없는 현수에게 별일이 있는 날은 거의 없었다. 마음에 드는 옷을 찾는 게 쉽지 않은 현수에게 별일 없이 흐르는 생활은 몸에 맞춰 늘어난 옷처럼 편안했다. 행복한지 불행한지 따지는 것은 어차피 의미가 없었다. 저 애가 앞으로도 저런 식으로 죽 살려는가. 복잡한 심사가 얽힌 경술의 눈길만 아니면 이대로 죽 사는 것이 현수는 나쁘지 않았다. 다른 삶을 꿈꾸지 않은 것은 아니나, 구태여 누가 묻는다면, 현수는 자신의 삶에 그런대로 만족한다고 대답했을 것이다.

세라가 보인 거의 강압적인 태도에 눌려 택시를 타고 가면서 현수는 지금 이 시간 자신이 있어야 할 철공소 구석자리에서 이어폰을 꽂은 채 에미넴이나 듣고 싶다는 생각을 했다. 오늘 처음 만난 정숙한테서 너무 많은 정보와 너무 많은 수다를 들었고, 쉴 새도 없이 세라의 새까만 선글라스를 대면한 채 신경전 아닌 신경전을 벌였다. 이미 현수는 하루치 감당할 수 있는 스트레스 총량을 넘어선 상태였다. 세라가 나타난 뒤로 자신을 둘러싼 세상이 너무나 요란하게 돌아가고 있다고 현수는 다시 한 번 생각했다.

"계속 뚱하게 있으니 내가 미안해지려고 하네."

택시에서 내리면서 세라가 말했다. 백미러로 현수의 표정을 살폈던 모양이다.

"아니에요."

현수는 누가 봐도 뚱한 표정으로 말했다. 볼살의 과다발달로 현수의 얼굴은 기분이 가라앉으면 아랫입술이 앞으로 나오고 턱이 접히면서 의도치 않게 뚱한 표정이 되었다.

"여기가 내 단골병원이야."

세라가 시립의료원 정문을 들어서며 말했다. 병원에는 왜 다니는지 물어서 여기를 데려온 건가. 현수가 걸음을 멈췄다,

"뭐해? 안 오고."

세라가 걸어가다 말고 현수를 돌아보았다.

"저, 피 보면 기절하는 타입이에요. 오죽하면 공익 받았겠어요."

현수가 울부짖듯 외쳤다. 놀란 눈으로 현수를 쳐다보던 세라가 큰소리로 웃었다. 눈가에 주름을 접으면서 정말 웃는 것처럼 웃더니 현수에게 되돌아왔다.

"피를 보는 게 그렇게 무서워?"

"병원에서 명수 형이 죽었거든요."

우는 소리를 질러댄 게 부끄러워 현수는 엉겁결에 명수를 끌어댔다.

"명수 형이 피범벅이 돼서 병원에 실려 가는 거 보고 나서부터

이래요. 트라우마가 됐나 봐요."

명수가 실려 가던 날, 경술과 복임은 병원에서 밤을 보냈고 현수는 집에 남았다. 명수가 피를 흘리며 실려 가던 장면을 생각하면서 밤새 혼자 있었다. 다음 날 아침 경술이 집으로 와서 현수를 데리고 병원에 갔다. 현수는 명수를 만나지 못했다. 명수는 이미 영안실로 옮겨진 뒤였다. 누구도 현수에게 명수를 보여주지 않았다. 보고 싶으냐고 물어보지도 않았다.

"병원 가는 거 아냐. 영안실에 가는 것도 아니고."

세라가 말했다.

세라가 현수를 데리고 간 곳은 병원본관 오른쪽에 있는 별채 건물이었다. 건물입구에 '시립의료원 참좋은사랑후원회'라는 열세 글자를 욱여넣은 세로 현판이 붙어 있었다.

"시립의료원 후원단체에서 정기적으로 미술 전시를 하는데 이번 달에는 연극공연을 하더라. 아침에 팸플릿 나눠주길래 잠시 들어가서 봤지. 아주 인상적이었어."

세라가 설치미술을 전시 중인 듯한 갤러리 안으로 들어갔다. 사방 벽면에 붙은 그림과 모니터에 떠 있는 사진이 한눈에 봐도 조잡했다. 출입문 맞은편 벽 쪽으로 병풍이 세워져 있고, 그 앞에 제상이 차려져 있었다. 현수는 한숨을 세게 내쉬었다. 세라는 딴청을 부렸다.

"아, 시작하나 보다."

병풍 뒤에서 인기척이 나더니 마흔 언저리의 벌거벗은 남자

107

가 튀어나왔다. 현수는 누드로 성큼성큼 다가오는 남자를 보며 헉, 소리를 냈다. 놀라준 데 대한 보답인지 남자가 현수한테 눈을 길게 맞췄다. 다시 보니 남자는 누드로 착각할 만큼 몸에 착 붙은 살구색 옷을 입고 있었다.

어쨌거나 화끈하게 등장한 누드 남자는 갤러리 안에 들어와 있는 관객을 찬찬히 둘러보았다. 관객은 세라와 현수 둘뿐이었다. 출입문 가까이 작은 테이블 위에 팸플릿을 쌓아놓고 단정한 자세로 서 있던 여대생 같은 여자가 두 개의 전등 가운데 하나를 껐다. 남자가 약간 실망한 것 같은 동작으로 고개를 숙이더니 제상을 향해 돌아섰다. 사이버 장례식을 보여줄 모양이었다. 병원후원단체에서 기획한 전시치고는 심히 무심했다.

"죽기 전에 하고 싶은 것들을 보여주는데, 연극 제목이 버킷리스트야."

세라가 속삭였다.

"연극이 아니고 미디어 퍼포먼스예요. 요즘은 퍼포먼스 아트……."

"조용히 하고 봐봐."

세라의 말에 현수가 입을 다물었다.

누드 남자가 심호흡을 하듯 어깨를 부풀리더니 느린 동작으로 제상을 향해 큰절을 했다. 제상의 신위가 놓일 자리에 노트북이 놓여 있었다. 남자가 절을 시작하자 모니터에 누드 남자의 얼굴이 나타났다. 영정 사진이 아니고 영정 영상이었다. 영상 속 남자가 입술을 움직이며 무슨 말을 하는데 소리는 들리지 않았다.

영정 영상으로 나타난 자신의 말을 귀 기울여 듣는 포즈를 취하던 누드 남자가 오른쪽 벽으로 성큼성큼 걸어갔다. 그래봐야 네 발자국 정도였다. 남자는 벽에 붙은 추상화를 떼어내 북북 찢더니 공중으로 휙 날렸다. 그 순간 벽 군데군데 걸린 일곱 개의 모니터에 킬트복장을 한 살구옷 남자가 동시에 나타났다. 남자는 소리를 죽인 채 화통하게 웃어재꼈다. 웃는 모습 위로 에든버러 프린지 페스티벌, 이라는 자막이 뜨면서 로열 마일 거리로 장면이 바뀌었다. 로열 마일 거리에서 남자가 거리공연을 펼치는 장면이 겹쳐졌는데 합성인 게 심하게 드러났다. 영상이 나오는 동안 남자는 영상에서 나오는 동작을 그대로 따라 했다. 평소 운동량이 충분치 않은지 헉헉거리는 소리가 억눌린 채로 새나와 듣기가 민망했다.

현수는 뒷짐을 진 채 배를 내밀고 서서 이걸 끝까지 보고 갈 작정인지 세라의 눈치를 살폈다. 세라는 이 엉성한 퍼포먼스의 무엇에 필이 꽂혔는지 제상의 모니터를 노려보고 있었다. 세라는 버킷리스트가 아니라 사이버 장례식의 매력에 홀린 것 같았다.

"고모, 그만 가죠."

현수는 정신줄을 놓고 있는 세라의 팔을 살짝 흔들었다.

"가자고?"

세라가 목소리 조절을 못 하고 큰 소리를 냈다. 이런 소음쯤은 별거 아니라는 듯 남자가 일 초의 머뭇거림도 없이 번지점 프대에서 뛰어내렸다. 모니터에서 나오고 있는 두 번째 버킷리스트의 동작을 남자가 세라와 현수 앞에서 시연하는 거였다. 공포와 환희를 반반씩 담은 남자의 얼굴이 코앞에 다가오는 바람에 현수는 할 수 없이 물개박수를 살살 쳤다. 결국 일곱 개의 버킷리스트를 차례로 해치운 남자가 나무로 만든 상자에 들어가는 것까지 지켜보았다.

"이제 다 끝난 거죠?"

"있어 봐. 좀 있으면 도로 나와서 뭐라 할 거야."

현수는 아까보다 더 깊은 한숨으로 불만을 드러냈다. 스트레스성 허기가 밀려왔다. 케첩을 듬뿍 뿌리고 패티 한 장을 추가한 더블치즈와퍼를 세 개쯤 먹어치우고 싶었다. 1분, 2분이 지나고 한나절 같은 시간이 지났다. 상자 안으로 들어간 누드 남자는 기척이 없었다. 현수는 출입구 쪽에 서 있는 여대생 같은 여자에게 물었다.

"끝났습니까?"

"아뇨."

"계속됩니까?"

"아뇨, 저는 잘 몰라요."

여대생 같은 여자는 딱히 현수를 놀리려는 것 같지는 않았다. 몸매가 절망적인 남자는 여자가 어떻게 대하든 응대만 해줘도

히죽거릴 거라고 착각할 여자 같지는 않아서 현수는 기분 나쁘다는 눈길로 노려볼까 하다가 참았다.

"이상하네. 왜 안 나오지. 아까는 저 관 같은 데 들어가자마자 도로 나왔는데."

세라가 고개를 갸웃거렸다.

"재즈처럼 그때그때 생각나는 대로 하나 보죠. 퍼포먼스가 원래 그렇잖아요."

현수의 말로는 납득이 안 가는지 세라는 꿈쩍 않고 서서 상자를 주시했다. 세라가 버티고 서 있으니 현수도 남자가 들어간 상자를 하릴없이 주시했다.

"어이, 비만 청년."

상자 속에서 남자가 외치는 소리를 현수는 들었다. 호칭이 너무 충격적이어서 현수는 세라를, 출입문 옆의 여대생 같은 여자를 한 번씩 번갈아 쳐다보았다. 두 사람도 놀란 표정이었다.

"어이, 거기 비만 청년."

저게 미쳤나. 튀어나오려는 욕설을 묵직한 목살로 누르고 현수는 심호흡을 했다. 관객을 화나게 해서 흥분의 수위를 높여놓으면 열 받은 김에 SNS에 올려줄 거라고 생각하나. 노이즈 마케팅을 노린 게 분명한 남자의 얄팍한 수작이 괘씸했다. 괘씸했지만 심호흡을 하며 몰상식한 상대를 무시해버리려 했다. 무시함으로써 무시당하는 자신을 견디는 것이 현수의 방식이었다. 그런 현수가 상자를 노려보며 뚜벅뚜벅 걸어갔다. 약하고 아픈 몸으로 세상과 맞장 뜨며 살고 있는 세라 앞에서 맹탕으로 무시당하는 모습을 보여 주고 싶지 않았다.

무슨 마술 같은 짓을 했는지 나무상자는 관 뚜껑 같은 판때기로 막혀 있었다. 판때기 한가운데 장착된 모니터에 둥그스름한 형체가 어른거리다 선명하게 드러났다. 통통하게 살집이 잡힌 현수의 얼굴이었다. 사방 벽면에 붙은 일곱 개의 모니터에서 당황했다가 화냈다가 어처구니없어 하는 현수의 모습이 동시에 나오고 있었다. 갑자기 현수의 모습이 흔들리다가 모니터가 꺼졌다. 현수와 세라는 낯선 무대에 끌어올려진 사람들처럼 우두커니 서 있었다. 모니터가 다시 켜지고, 현수의 얼굴 위로 일곱 개의 자막이 떴다.

당신의 버킷리스트는 무엇입니까.

현수는 콧방귀를 뀌고 당황한 기색을 숨긴 채 주변을 둘러보았다.

세라가 여대생 같은 여자 옆으로 가더니 의자에 앉았다. 앉아서 현수를 보았다. 현수가 무대 위에서 자기 배역을 어떻게 연기하는지 구경이나 하겠다는 포즈다.

대체 뭐야. 저 여자는.

현수는 화가 솟구쳤다. 세라가 아니면 자신이 이런 곳에서 이딴 놀림거리가 될 이유가 없었다. 세라는 현수의 일상을 흔들어 하루하루를 뒤죽박죽으로 만들어놓고 있었다. 다른 사람한테는 한심하고 보잘것없어 보일 그 일상이 현수한테는 다른 모든 것들을 놓아버리고 붙잡은 삶이었다. 그 삶 속으로 비집고 들어와서 현수의 평온한 일상을 흔들고 있다는 걸 아는지 모르는지 세라는 뻔뻔한 얼굴로 앉아 있었다.

현수는 숨을 들이쉬며 양 주먹을 치켜들었다가 힘껏 내리쳤다. 상자에서 쾅 소리가 났다. 혹시 주먹이 부서지는 소리인가. 순간 겁이 났지만, 아무려나 상관없었다.

"비만 청년, 여기 있다. 어쩔래. 불렀으면 말을 해!"

현수는 상자에 대고 고함을 질렀다. 속이 들끓어 폭발할 것 같았다. 사람을 왜 불러내! 똥돼지 비만 청년한테 할 말 있냐! 꽥꽥거리는 현수를 지켜보던 세라가 자리에서 일어섰다. 여대생 같은 여자가 현수에게 다가가려는 세라를 팔로 가로막았다.

비만 청년. 똥돼지…

놀리는 사람들에게 현수는 스물여덟 살이 되도록 화를 낸 적이 없었다. 아니, 화는 냈다. 속으로만. 속으로 화를 내고 속으로 삼켰다.

바보, 화를 내! 당신을 놀리고 조롱하고 무시하는 세상에 대고 화를 내. 당신이 하고 싶은 대로 하라고!

세상을 향해 번지점프를 했던 누드 남자의 목소리가 환청으로 들렸다. 이것이 누드 남자가 퍼포먼스를 통해 관객에게 말하고 싶었던 거였나. 한번 다녀갔던 세라를 알아봤을 테니 현수는 이번 퍼포먼스에서 유일한 관객이었다.

"야! 비만 청년 여기 있다니까! 할 말이 있으면 당당하게 나와서 말을 하란 말이야!"

굳게 닫힌 상자의 뚜껑을 쾅쾅 내리치면서 현수는 불곰처럼 포효했다. 속으로 삼키기만 했던 화를 터트리는 것이 현수에게는 버킷리스트의 시작인지도 몰랐다.

오래된 우물

—우리 공유폴더에 누가 소설 올렸던데 이거 뭐지?

안 감독이 단톡방에서 물었다. 졸음이 와서 3층으로 올라가려던 현수는 아차, 싶어 공유폴더를 열었다. 어젯밤 '자식 버린 정치인'을 문서함에 올린다는 게 철공소 폴더에 잘못 올렸던 모양이다.

—저도 읽었어요. 읽으라고 올린 거 맞죠?

도서관에서 하는 오전 아르바이트를 끝내고 한 시간 전쯤 들어온 다솜.

—실수! 내렸습니다. 쪽팔리네요.

모르는 척해봐야 금방 들통 날 일이어서 현수는 바로 자백했다.

—우아앗, 현수 씨 소설도 쓰고, 멋있다. 난 못 읽었는데, 다시 좀 올려줘요.

박은주가 글 뒤에 박수 치는 찌바 이모티콘 세 개를 퐁퐁퐁 쏘아 올렸다.

현수는 카톡 창을 닫고 '자식 버린 정치인'을 열었다.

어젯밤 현수는 양명신문 자유게시판, 양명사랑 카페, 그리고 인터넷신문인 양명뉴스 제보란을 차례대로 들어갔다. 글을 다 쓴 뒤 잠시 망설이긴 했으나 스스로의 등을 떼미는 심정으로 세 군데에 글을 올렸다. 제목을 노골적으로 붙인 덕분인지 조회수가 제법 높았다.

―민현수 작가, 2탄은 언제 나오나? 자식 버린 정치인의 야심? 장성한 자식의 복수?

안 감독이 살판났다.

"그냥 누가 구술한 거 채록한 거예요. 아르바이트로."

현수는 자리에서 일어섰다. 가만히 앉아서 뜯기고 싶지 않았다.

"잠깐만요."

현수가 문을 닫고 나오는데 다솜이 따라 나왔다. 웅곡복지관, 이라는 글자가 새겨진 천가방을 왼쪽 어깨에 메고 있었다.

"지하실 가려구요?"

"지하실에요? 제가요?"

"모르셨구나. 냥이들 지금 지하실에 있어요."

"지하실에는 왜……?"

새끼고양이 세 마리는 3층 거실에 있었다. 새끼고양이를 발견한 날, 지하실에 하루 더 두고 지켜보다가 집에 데려다 놨다. 혹시 몰라 우유그릇을 지하실에 갖다 놓았는데 어미고양이가 다녀간 흔적이 없었다.

"어제 계단에서 원장님 만났는데 밥을 안 먹는다고 걱정하시더라고요. 올라가서 보고 지하실에 데려다 놨더니 세 녀석 다 잘 먹어요. 자리가 바뀌면 밥을 안 먹는 애들이 있거든요."

"아, 네."

경술이 보기에 여자애들이 고양이에 대해서는 더 잘 알겠지 싶었던 모양이다. 현수가 어릴 때는 집에서 개나 고양이를 기른 적이 없었다. 복임이 강아지를 데려온 적이 있었는데 명수가 기침과 재채기를 너무 많이 해서 다음 날 도로 갖다줘버렸다.

"지금 고양이들 보러 가려고요?"

"네. 원장님께서 애들한테 우유를 줬다고 하시더라고요. 주는 대로 마구 먹었으면 오히려 탈이 났을 거예요. 다행이죠."

"고양이들 우유 잘 먹는 거 같던데……."

현수는 다솜의 뒤를 따라 계단을 내려가며 중얼거렸다.

"한 달도 안 된 아기들이라 우유 많이 먹으면 설사해요."

다솜이 지하실 문 앞에서 나무라는 표정으로 현수를 돌아보았다.

"애들, 한 달도 안 됐어요?"

"아직 제대로 못 서고 바들바들 떨잖아요. 이도 이제 막 나오고 있고요."

다솜이 지하실로 들어서서 스위치를 올렸다. 전등이 들어오자 새끼고양이들이 에옹에옹 소리를 내며 울었다. 다솜이 탁자 옆 장의자 앞으로 재바르게 걸어갔다. 두툼한 방석 위에 푹신

푹신해 보이는 담요로 성벽을 둘러치듯 지어놓은 고양이집이 보였다. 담요가 눈에 익다 했더니 현수가 몇 년 전 침대보로 쓰던 것과 무늬가 같았다. 다솜이 필요하다고 했을 것이고, 경술이 그걸 여태 버리지 않고 뒀다가 내준 모양이었다.

다솜이 천가방에서 분유와 젖병과 보온병을 꺼내 탁자에 늘어놓았다.

"아깽이들을 위해서 나온 분유가 따로 있어요."

다솜이 눈금이 그어진 젖병에 분유 서너 스푼을 톡톡 털어 넣고 보온병의 물을 부었다.

"이번 주까지만 이걸 먹이고 다음 주부터는 사료를 따뜻한 물에 불려서 주면 돼요. 너무 뜨거운 물 말고 따뜻하다 싶은 정도로요."

장의자에 앉은 다솜이 젖병을 흔들어 자기 뺨에 갖다 댔다. 젖병 온도가 적당한 듯했다. 담요 속에서 꺼낸 새끼고양이 한 마리를 왼손으로 받쳐 세우듯 하고 젖병을 물렸다. 고양이가 잔가지 같은 분홍빛 발로 젖병을 갉작거렸다. 현수는 텔레비전에서 재미있는 프로를 보는 것처럼 다솜을 지켜보았다. 다솜은 젖병을 비운 고양이를 담요 속으로 밀어 넣고 다른 고양이를 집어 들어 새로 탄 분유를 먹였다. 쯥쯥쯥 소리를 내며 분유를 빨아먹는 고양이의 양쪽 귀가 팔랑팔랑 움직였다. 그 모습이 너무 귀여워 다솜과 현수는 킥킥거리며 웃었다.

"이렇게 작고 약한 애들이 어떻게 길거리에서 살아내는지 신기하네요."

현수의 말에 다솜이 아닌데, 하는 표정으로 현수를 보았다.

"얘들 약하지 않아요. 며칠만 지나면 막 뛰어다닐걸요. 소파도 갉아대고 개구진 짓은 다 할 거니까 각오하셔야 돼요."

"헉, 겁나네요."

현수가 어깨를 올리며 커다란 덩치를 오므리자 다솜이 웃음이 삐져나오는 입술을 꾹 깨물었다. 입술을 깨문 다솜의 얼굴 위로 큼직한 앞니 두 개로 소파를 갉아대는 토끼 얼굴이 떠올랐다.

"집에서 고양이 키워요?"

현수가 물었다. 다솜은 등을 받쳐서 세운 고양이한테 눈길을 둔 채 고개를 저었다.

"키웠는데, 재작년에 무지개다리를 건넜어요. 손님들 발등에 매달려 장난도 잘 치고 쥐도 잘 잡고 똑똑한 애였는데."

"쥐를 진짜 잡아요?"

"그럼요, 쥐의 천적이 고양이잖아요."

"잡으면 먹나요?"

"먹는 걸 본 적은 없어요. 이발소에서 붙어살다시피 했으니 몰래 먹고 그러지는 않았을 건데, 모르죠."

"이발소 해요? 집이?"

다솜이 고양이가 빨아 먹기 좋게 젖병을 이리저리 돌리며 고개를 끄덕였다.

"우리 엄마는 아빠가 이발사니까 돈을 많이 벌 것 같아서 결혼을 했대요. 제 기억에도 제가 어릴 때는 잘살았던 것 같아요. 근데 동네에 새 이발소가 생기고 미장원도 하나둘 생기면서 손님이 떨어졌죠. 엄마가 이발소 접고 도배 같은 거 배워서 하자고 몇 년간 졸랐다는데, 우리 아빠가 고집이 세요. 아빠들은 원래 좀 그렇잖아요. 전 아빠 편이에요."

다솜은 이야기를 하면서 분유를 먹인 순서대로 고양이들을 문질렀다. 세 마리 다 트림을 하자 젖병과 분유와 보온병을 천 가방에 집어넣었다. 현수는 지하실에서 다솜과 같이 조금 더 있고 싶었다.

"아빠랑 친한가 봐요?"

다솜이 고개를 크게 끄덕였다.

"제가 아빠를 닮아 손재주가 좋아요. 엄마보다 제가 면도 기술이 더 좋은데 아빤 질색해요. 바닥 쓸어내고 수건 빨아 너는 것도 못 돕게 하구요. 언젠가 이발소를 소재로 그림책을 내놓을 거예요. 우리 이발소 같은 데 잘 없어요. 간판도 그렇고 전부 처음 시작할 때 있던 그대로거든요. 의자도, 거울도, 삼색등도."

다솜은 가방을 챙기고 나서도 장의자에 그대로 앉아 있었다. 현수는 뱃속으로 따뜻한 공기가 밀려들어 오는 느낌이 들었다. 다솜이 그림책으로 내고 싶어 하는 옛날 이발소의 풍경이 보고 싶었다.

"이발소 이름이 뭐예요?"

현수가 물었다.

"응곡 이발소요. 근데 새로 생긴 이발소가 자기들 맘대로 응곡 이발소라고 간판을 달아버렸지 뭐예요. 그래서 손님들이 우리 이발소를 옛날 이발소라고 불러요. 저쪽은 새 이발소고."

"이발소 풍경이 고풍스러울 것 같은데요."

"맞아요. 어릴 적 이발소 풍경을 떠올리면 아련한 느낌이 들어요. 왠지 막 그리운 느낌도 들고요. 힛, 나만 그런가."

아니오, 나도 그런데요. 현수가 말했다. 아주 아주 어린 시절을 떠올리면 멀고 오래된, 아프고 그리운 느낌이 들어요. 마음속으로 외치는 말이 다솜을 바라보는 표정에 드러나는 것을 현수는 몰랐다.

"거품을 떠서 불기도 하고 의자에 앉아 뱅뱅 돌기도 하고… 이발소에서 노는 거 재미있었어요."

다솜이 얼굴 가득 미소를 짓고서 말했다. 다솜의 미소에 전염된 듯 현수도 웃음이 비어져 나왔다. 뱃속에 밀려들어 온 따뜻한 공기가 조금씩 부풀어 오르고 있었다. 이러다 온몸에 따뜻한 공기가 가득차서 공중부양 하는 것 아닐까. 현수는 발에 힘을 주었다.

"참, 오늘 저녁 애들 분유는 현수 오빠가 주세요."

다솜이 일어나 천가방을 어깨에 메면서 말했다.

"나 혼자서요?"

"애들 먹이고 나서는 등을 꼭 문질러 주고요. 열 시쯤 주고, 내일 아침 일찍, 여섯 시쯤 주면 될 거예요."

임무를 완수해서 기분이 좋은지 다솜이 씩씩하게 앞장을 섰
다. 현수는 뒤에 따라 나가다 스위치를 내렸다. 스위치를 내리
자마자 세 녀석이 에옹 에에에옹 소리를 질러댔다. 소리가 격렬
한 데 놀라 현수는 스위치를 도로 올렸다.

"왜 저러죠?"

현수가 계단으로 올라서는 다솜을 불렀다.

"쥐가 나왔나."

중얼거리며 계단을 내려온 다솜이 고양이들한테 다가갔다. 새
끼고양이 세 마리가 담요자락을 젖히고 밖으로 꼬물꼬물 기어
나왔다. 셋 중 덩치가 제일 작은 막내가 담요로 둘러놓은 벽을
넘다가 바닥으로 굴렀다. 다솜이 막내를 안아 올렸다. 녀석이
입을 벌리고 야오오오 제법 앙칼진 소리로 울었다.

"우리가 가는 거 아나 보네요."

태어난 지 한 달도 안 된 것들도 이렇게 기를 쓰고 자기 존재
를 알리는구나. 기특하기도 하고 짠하기도 해서 현수는 집게손
가락으로 막내고양이의 머리를 쓰다듬었다. 우물 안으로 떨어
진 적이 있다던 세라의 이야기가 머리를 스쳤다. 우물 안, 서늘
한 어둠 속에 혼자 있으면서 사람들을 부르지 않았다던…

*

"어릴 때 동네우물에 빠진 적이 있어."

세라가 말했다. 나흘 전, 사이버 장례식을 보고서 의료원 마당을 걸어 나올 때였다.

"아주 오래된 우물이었어. 원래는 바윗돌 새로 움푹 팬 샘이었는데 동네 사람들이 돌로 턱을 쌓아 우물을 만들었거든. 그날따라 우물 턱이 미끄러웠어. 두레박을 이리저리 흔들어가며 물을 담으려다 턱을 짚은 손이 미끄러진 거야. 그리고 머리부터 우물 속으로 떨어졌지."

"그럼 즉사일 텐데……."

"일부러 파서 만든 게 아니라 그닥 깊지는 않았어. 물도 별로 깊지 않았고. 내가 중학교 일학년 땐데 허리춤에서 찰랑거렸던 것 같아."

"그래도 잘못 떨어지면 크게 다치죠."

"어떻게 잘 떨어진 거지. 사방에서 튀어나온 바윗돌에 머리를 부딪쳤으면 바로 갔을 건데. 평생 쓸 운을 그때 다 썼나 봐."

농담을 하는 건가 싶어 현수는 세라를 돌아보았다. 당시 일을 떠올리는 듯 세라는 골똘한 표정으로 앞을 보고 걷다가 다시 입을 열었다.

"사람들이 지나가는 소리가 들렸어. 그때가 늦봄인가 초여름인가… 우물 속이라 금방 추워졌는데 사람들을 부르지 않았어. 둘러보니까 가슴께 높이에 걸터앉을 수 있는 바윗돌이 있는 거야. 아랫돌을 디딘 발에 힘을 주고서 두 시간도 넘게 앉아 있었을걸. 동네 언니들이 떠들면서 지나가는 소리가 들리고, 마을로 들어가는 트럭소리도 들렸어. 금방 깜깜해졌지. 춥고 배고프고 몸이 차가워지면서 덜덜 떨리는데 무섭지는 않았어. 숨바꼭질 할 때 아무도 찾지 못하는 곳에 숨어 있는 그런 기분이었어. 꼭 꼭 숨어서 아늑하고 편안한 그런 느낌⋯⋯."

현수는 알 것 같았다. 아니, 알고 있었다. 자신의 존재를 아무한테도 들키고 싶지 않은 기분이 어떤 건지. 딱히 잘못을 저지른 게 없을 때도 현수는 어딘가로 숨어들고 싶은 충동에 시달렸으니까. 특히 복임이 쳐다볼 때. 잘못한 일도 없고 아무 일도 없는데도 복임이 가만히 쳐다보고 있으면 그런 충동이 들었다. 자신의 존재 자체가 잘못인 것 같다는 느낌마저 들었다. 그럴 때는 공연히 숨이 가빠졌고, 어디로든 숨고 싶었다. 할 수만 있다면 누구의 눈에도 띄지 않게 완전히 사라지고 싶었다. 그런 것들이 자라는 동안 현수를 괴롭혔다. 그러나 세라처럼 우물에 떨어져 갇히는 사고를 당했다면 현수는 짐승새끼마냥 소리를 질렀을 것이다. 살려달라고 소리를 질렀을 것인데, 복임을 소리쳐 부르지는 않았을 것이다.

복임은 꿈속에서 늘 현수를 소리쳐 불렀다. 그 꿈을 현수는 기억했다.

현수는 종종 꿈을 꾸었다. 외가 마을인 둔내리에 내려가고 얼마 되지 않았을 때부터였다. 꿈을 꾸게 될까 봐 현수는 잠이 들려는 순간 소스라치듯 깨어나곤 했다. 기를 쓰고 깨어 있다가 잠 속으로 떨어지면 현수를 찾아오는 그 꿈속에서 흐느끼며 괴로워했다.

꿈속에서 현수는 학교를 파하고 파란지붕 집으로 돌아가는 길이었다. 현수는 책가방을 메고 있었다. 책가방에서는 덜거덕 덜거덕 필통 소리가 났다. 논 가장자리로 난 길을 따라 집으로 걸어가면서 현수는 가슴이 콩닥거렸다. 마당으로 오르는 비탈에 발을 디디면 퍼덕거리는 새처럼 복임의 목소리가 날아왔다.

현수야.

복임의 목소리가 뒷덜미를 잡아채는 느낌에 꿈인지 현실인지 경계가 뭉개진 시간 속에서 현수는 혼자였다. 현수야. 부르는 복임의 모습은 보이지 않고 현수는 꿈속에서 외롭고 무서웠다. 그곳에는 목소리만 있고 아무도 없었다. 현실에서도 집은 비어 있기 일쑤였다. 경술은 둔내리로 내려온 뒤 한자 책을 가득 넣은 가죽가방을 메고 선생들을 만나러 다녔다. 전국 어디에 이름난 선생이 있다는 소문을 들으면 경술은 귀퉁이가 닳은 가죽가방을 메고, 현수의 머리를 쓰다듬었다. 그리고 집을 나갔다.

"고모는……."

몽롱한 꿈속에서 빠져나온 듯 퍽퍽한 목소리로 현수가 입을 뗐다.

"그 안에서 어떻게 나왔어요?"

두 사람은 버스 정류장 벤치에 나란히 앉아 있었다. 세라가 택시를 타고 가다가 중간에 내려주겠다고 했지만 현수는 싫다고 했다. 원천동에 현수를 내려주고 기린시장 쪽으로 가려면 길을 엄청 돌아야 했다.

"날이 어두워졌다면서요. 그땐 휴대폰도 없었을 건데."

"어두컴컴한 데 앉아 있는데, 위에서 아저씨들 목소리가 들렸어. 누군데 거기서 노래를 부르고 있냐고. 저 안 불렀는데요. 내가 위에다 대고 말했지. 난 진짜 안 불렀거든. 머리 조심해라, 하는 소리가 들리더니 큰 두레박이 내려왔어. 내가 떨어지면서 두레박도 떨어졌는데, 어디서 다른 걸 갖고 왔나 봐. 아저씨들이 시키는 대로 두레박에 걸터앉으니까 두레박줄을 당겨서 올려주더라. 그날 집에 가서 큰오빠한테 오지게 맞았다. 계집애가 어디 할 짓이 없어서 그런 델 다 기어들어 가느냐고. 평소엔 매를 든 적이 없었는데 오빠가 많이 놀랐나 봐. 엄마가 돌아가시고 나서는 큰오빠가 나한테 부모 노릇을 했거든."

세라가 들려주는 우물 이야기를 들으면서 현수는 포트리스 빌딩 게임의 지하 통로를 떠올렸다. 주거지역, 식당, 공장, 병원, 지하 대피소 같은 것을 만드는 포트리스 빌딩 게임에서 우물을 파 내려가듯 만들어야 하는 지하 건축물은 가장 까다로운 구조물이었다. 현수는 버스가 달려오는 쪽으로 고개를 돌린 채 조용히 앉아 있었다. 원천동 집으로 가는 버스가 정류장에 잠시 멈춰 섰다가 달려갔다. 세라가 다시 입을 열었다.

"그런데 참 이상하지. 큰오빠는 왜 내가 우물에 일부러 들어갔다고 생각했을까. 일부러 들어간 게 아니고 미끄러져 빠진

126

건데. 나는 거기서 빠져나가야 한다는 생각을 못 했어. 어떻게 빠져나가야 할지도 몰랐고. 사람들을 부르면 되는데… 생각이 나지 않았어."

*

현수는 고양이를 감싼 담요를 끌어안은 채 철공소 문 앞에 멈추어 섰다. 다솜이 도어락 비밀번호를 눌렀다.

"저기, 다솜 씨."

다솜이 손잡이를 잡은 채 현수를 돌아보았다. 현수는 안고 있는 담요를 추스르며 머뭇거렸다. 새끼고양이 세 마리가 담요 속에 묻힌 채 얼굴만 빼꼼 내놓고 그새 잠들어 있었다.

"얘들… 한 마리만 거기 이발소에서 키우는 건 힘들까요?"

"어디? 우리 이발소에서요?"

"네. 예전에도 키웠다면서요."

다솜이 현수 품에서 귀엽게 코를 고는 새끼고양이들을 보며 난감한 표정을 지었다.

"그때랑 사정이 달라서……. 엄마가 복지관에 일을 나가면서 요즘은 이발소 일을 아빠 혼자 하세요. 고양이도 키우다 보면 은근 뒤치다꺼리할 게 많거든요."

다솜이 어쩌죠, 하는 눈길로 현수를 보았다. 현수는 복도가 어두워서 다행이라고 생각했다. 얼굴을 붉힌 채 고양이를 내려다보다가 현수는 고개를 들었다.

"언제 그 이발소에 가보고 싶어요."

다솜의 눈이 조금 커졌다. 자기 의지와 상관없이 순간적으로 튀어 나간 말에 현수는 정신이 혼미해졌다.

"아, 아뇨. 그게 아니고 제가, 그러니까 옛날… 앤틱한 걸 좋아해서요."

사정없이 떨리는 자신의 목소리가 현수의 귀에서 울려댔다. 현수는 땅속이든 어디든 꺼져버리고 싶은 심정이었다. 현수를 바라보는 다솜의 눈이 웃고 있었다. 다솜의 웃음이 현수에게로 파닥파닥 날아왔다.

"둘이서 뭘 그렇게 속닥거려? 오늘부터 공식 사귀는 거냐?"

들어오길 기다린 듯 안 감독이 물었다. 박은주도 호기심을 묻힌 눈길로 현수와 다솜을 번갈아 보았다.

"어라? 두 사람이 그런 사이였나."

평소 안 감독의 희떠운 농담을 못마땅해하는 장편까지 가세했다.

"그게 아니고 애들 때문에……."

현수는 작업실 한가운데 있는 공용탁자로 가서 껴안고 있던 담요를 내려놓았다. 새끼고양이들이 자면서 발을 꼼지락거렸다.

"악! 어떡해, 너무 이쁘다."

"어휴, 귀엽다."

탁자로 다가온 박은주와 안 감독이 듀엣으로 자지러졌다. 장편과 웹툰도 자리에서 일어나 고양이를 보러 왔다.

"진짜 귀엽다. 저, 한 마리 가져가면 안 될까요?"

작업할 때는 오로지 작업에만 집중하겠다는 의지를 드러내며 공용탁자 근처에 얼씬거리지 않던 웹툰이 고양이 욕심을 내며 나섰다.

"안 되긴. 완전 돼!"

웹툰이 고양이를 편하게 볼 수 있도록 현수는 덩치를 이용해서 탁자에 붙어 있는 박은주와 안 감독을 옆으로 밀어냈다. 웹툰이 레이저를 쏘듯 눈에 힘을 주고 고양이를 살폈다.

"쟤, 깜찍하네. 제일 쪼끄만 애, 입가에 까만 테 두르고."

박은주의 말에 웹툰이 도저히 못 하겠다는 듯 고개를 흔들었다.

"나중에요. 오늘 집에 갈 때까지 한번 보구요. 애들 여기 둘 거죠?"

"어, 여기 둬야지."

현수는 고양이들이 밑으로 떨어질 것 같아 담요를 탁자 아래로 옮겼다. 장소를 자꾸 옮기는 게 고양이들한테 스트레스가 될 것 같아 오늘은 철공소에 둬야겠다 싶었다.

"아참, 민현수! 그거 페북에 떴더라."

무릎을 꿇고 앉아 담요를 새둥우리처럼 오므리던 현수가 안 감독을 돌아보았다.

"네? 뭐가요?"

놀라서 물었지만 뭔지 금방 알아차렸다. 어젯밤에 올린 글을 누가 페이스북에 퍼 갔거나 링크를 한 모양이었다.

"그 글 있잖냐. 무슨 정치가가 어떻고 저떻고 한……."

"자식 버린 정치가."

옆에서 박은주가 거들었다.

"그래, 그 글이 페북에 떴더라고. 거, 함부로 올려도 괜찮나?"

안 감독이 농담기 없이 말했다.

"그게… 함부로 올리면 안 되죠."

안 되는데 이미 올렸다. 물론 실명 거론은 하지 않았고 이해관계가 얽힌, 예컨대 정부지원 사업 같은 건 글의 흐름에 필요한 최소한의 팩트만 넣었다. 그래도 법적으로 따지고 들면 명예훼손 따위로 문제가 될 소지가 아주 없지는 않은데 눈 질끈 감고 올린 것이다. 어떻든 걱정을 하기는 늦었다. 될 대로 되겠지. 현수는 복잡한 심정으로 자기 자리로 가서 앉았다. 페북에 떴으니 오유나 디시 같은, 갤러리가 많은 대형 커뮤니티에도 떴을지 모른다.

현수는 어수선한 마음을 진정시키며 구글과 네이버에서 '자식 버린 정치가'를 검색했다. 두 곳 다 페이스북에 올라간 글이 검색에 딸려 나왔다. 누군가 '이런 새끼까지 정치 하겠다고 나서서 설치네'라는 멘트와 함께 링크를 걸어놓았다. 프로필사진과 멘트를 보니 입이 거친 아저씨였다. 다른 예비후보자의 선거단에 끼어 아르바이트 할 나이로 보이지는 않았지만 모를 일이었다. 그리고…

메시지가 와 있었다.

무람없이 들이닥친 낯선 사람을 보듯 현수는 빨간 불이 깜박이는 메시지를 노려보았다. 페이스북은 즐겨찾기를 해놓고 들락거리기는 해도 팔로잉한 사람들 글만 읽고 나왔지, 활동은 거의 하지 않았다. 메시지를 주고받을 정도로 친한 페친도 없었다. 꺼림칙한 마음으로 메시지를 클릭했다.

010-5501-OOOO

메시지가 열린 순간, 현수는 전화번호 하나가 살벌하게 위협적일 수 있다는 사실을 깨달았다. 아, 내가 뭔 짓을 한 거야. 후회와 당혹감과 두려움이 바위처럼 가슴을 눌렀다. 메시지는 경고장이었다.

저번에 올린 '돈 떼먹고 오리발'과 이번에 올린 '자식 버린 정치가'의 내용 가운데 사실이 아닌 것은 없었다. 메시지를 보낸 사람도 현수가 거짓 글을 올렸다고는 하지 못할 것이다. 혹시 세라와 정숙이 거짓말을 했을 수도 있지만, 현수는 어디까지나 그들이 들려준 대로 썼다. 쓰는 중에 오버하고 싶은 유혹을 쳐내고 심지어 약간 완화해서 썼다. 상황을 낙관적으로 정리해도 마음이 사뭇 불안했다. 세라가 떨어져 내렸다던 우물 같은 데

131

라도 있으면 당장 뛰어들고 싶었다. 정말 나쁜 짓을 한 경우가 아니라면, 아니 약간 나쁜 짓을 했다 하더라도 사람은 자신을 해치려는 위협 앞에서 숨을 권리가 있다. 인권이 별건가. 마음이 혼란스러우니 잡념도 어지럽기 짝이 없었다.

데린쿠유.

현수의 잡념 속으로 데린쿠유가 비집고 들어왔다.

우물보다 무한정 깊고 무한정 더 큰 지하도시. 그런 곳에 틀어박히면 모종의 어떤 위협에서도 무한정 멀어질 것이다. 세상은 현수를 잊을 것이고, 메시지를 보낸 사람의 관심도 결국 끊길 것이다. 공상 속으로 달아나면서 현수는 눈앞에 걸려 흔들거리는 경고장을 지워버리고 있었다.

데린쿠유를 알게 된 것은 세라 때문이었다. 옛 우물에 빠져서 몇 시간을 숨어 있었다던 세라의 이야기를 듣고서 현수는 우물을 검색했다. 세라가 어릴 적 살았다던 동네 이름과 우물을 검색어로 같이 넣었다. 짐작대로 우물에 빠진 여학생 기사는 눈에 띄지 않았다. 검색을 한 김에 세계의 다양한 우물 이미지를 구경하다가 데린쿠유를 발견했다.

터키에 있는 대규모 지하 도시. '깊은 우물'이라는 뜻

현수는 데린쿠유에 대한 사전적 설명을 읽고, 위키의 글을 찾아 들어갔다. 기독교인들이 아랍인들을 피해 우물을 파듯 지하

곳곳을 파고 내려가서 거주한 지하도시, 라는 설명과 함께 지하 8층까지 이어지는 동굴들의 단면도가 나와 있었다.

그것은 미로였다. 아니, 통로였다. 깊은 우물처럼 지하로 들어간 공간들을 이어주는 통로. 그 통로의 중심은 지하로 들어가는 관문 아래 수직으로 깊은 곳에 있을 거였다. 그곳에 가보고 싶었다. 할 수만 있다면 지금 당장 순간이동을 하고 싶었다. 터키에 있는 현실의 데린쿠유로 직접 갈 수도 있다는 생각 같은 건 현수의 머리에 떠오르지 않았다. 돈도 없지만 있다 해도 어딘가를 찾아서 가는 여행을 현수는 좋아하지 않았다. 지금까지 국외는 물론 국내여행도 자발적으로 떠나본 적이 없었다. 심지어 복임이 있는 둔내리에도 경술의 재촉에 마지못해 끌려가곤 했다. 통로의 중심으로 떠오른 데린쿠유가 현수에게는 너무 멀었다. 여권을 발급받고 캐리어에 짐을 싸고 항공권을 예약하고… 현수는 앓는 소리를 내며 고개를 저었다.

"뭐라고 했냐?"

등 뒤에서 안 감독이 물었다. 현수가 움찔 놀라 뒤를 돌아보았다.

"뭘 그렇게 놀래? 뭐라고 했냐니까."

안 감독이 파티션 너머로 현수를 보고 있었다.

"아뇨. 아무 말도 안 했는데."

"응, 안 했구나. 난 또 네가 뭐라고 한 거 같아서리."

평소 같았으면 제발 신경 끄시라는 말을 속으로 중얼거렸을 텐데 현수는 안 감독을 빤히 쳐다보았다. 예술가와 루저 사이의 경계를 걷고 있는 철공소 입주자들 가운데 그나마 세상 돌아가는 것에 밝은 사람이 안 감독이었다.

"그렇게 사무친 눈으로 보지 말고 말을 해. 형이 도와줄 거 있냐?"

오지랖과 흰소리로 신경을 긁기는 해도 안 감독은 한 번씩 마음을 푸근하게 만드는 재주가 있었다. 그때마다 얄궂게도 명수 형이 언뜻언뜻 머릿속을 스쳐갔다.

"사실은……."

현수가 복화술을 하듯 웅얼거렸다.

"신경 쓰이는 게 있는데 카톡으로 해요."

오케바리. 안 감독이 입모양으로 답했다. 현수는 모니터에 채팅창을 띄웠다.

―공유폴더에 올렸던 글 있잖아요. 그게 실은…….

고민을 상의하려면 실명을 말해야겠는데 선뜻 내뱉기가 꺼림칙했다.

―송찬우 후보지?

―헉!!

―뭘 놀래.

―어떻게 알았어요?

―장난해? 양명사랑 카페, 양명신문, 양명뉴스. 유권자가 양명시민이면 뻔하지. 시의원 경력에 시민단체 대표. 검색하니까

바로 나오더만.

대단한 추리도 아닌데, 현수는 안 감독이 위기상황을 타개하는 방법도 찾아낼 거라 믿고 싶었다. 세라가 송찬우를 믿었던 것도 이런 심리였겠지. 그새 또 딴 데로 빠지는 생각을 떨치고 현수는 키보드를 쳤다.

—실은 저한테 메시지가 하나 왔어요. 페북에 들어갔더니, 잠깐만… 네 시간 전이네요. 누가 전화번호를 하나 남겨놨어요.

—전화번호만?

—네. 달랑 전화번호만.

현수가 고개를 들어 안 감독을 보았다. 안 감독의 머리가 한쪽으로 기울어진 채 움직이지 않았다.

—그 글 때문인가?

채팅창으로 안 감독이 물었다.

—전화해 볼까요?

—해서, 맞으면 뭐라고 할 건데?

—글쎄요. 어떻게 나오는지…….

—덮자고 하든지, 협박을 하든지 둘 중 하나겠지.

—그렇죠?

—어떻게 할지 생각을 정리하면서 기다려봐. 답답한 놈이 우물 판다고, 켕기는 게 어느 쪽인지 분명히 해야지.

—그렇겠죠? 이게 무슨 비리를 들춘 것도 아니고요.

스스로를 안심시키면서 현수는 뻣뻣하게 세우고 있던 몸을 등받이에 기댔다. 이번에 올린 글은 제목 그대로였다. 자식까지 낳은 여자를 내팽개치고 떠난 남자가 시민단체를 하면서 이름을 알린 뒤 정치권에 다시 얼굴을 내밀려고 한다는 내용이었다. '돈 떼먹고 오리발'이라는 첫 번째 글을 읽은 사람이라면 두 번째 올린 글의 주인공이 동일인이라는 것을 금방 눈치 챌 수 있었다.

—여기 나오는 S라는 여자는 누군데? 이거 진짜 아르바이트 맞아?

채팅창에 안 감독의 질문이 올라왔다. 현수는 키보드를 치려던 손을 멈췄다.

정말 이게 아르바이트가 맞긴 맞나.

현수의 글이 주변에 알려지면, 두 사람의 신분이 알려지는 건 시간문제였다. 사람들의 비난은 송찬우보다도 어린 자식을 입양 보낸 세라에게 더 가혹하게 쏟아질 수 있었다. 세라는 개의치 않았다. 사람들을 피해 숨었던 우물 안에서 무방비한 상태로 뛰어나와 장렬하게 전사하리라. 혹시 그런 건가.

—내가 저번 총선 때 홍보 동영상 제작한 거 너도 알잖냐.

지금 이 판국에 안 감독이 또 그 동영상의 대단했던 파급효과에 대해 길게 늘어놓으려고 이러나. 대꾸할 기분이 아니라서 무시해버렸다. 현수가 답글을 달지 않자 안 감독이 다시 글을 올렸다.

—선거판, 거칠더라. 뭘 상상하든 그 이상이야. 그 사람들한

136

테는 죽고 사는 문제거든. 엮이면 답 없다. 최소 사망이니까, 잘 생각하고 행동해.

―네, 감사요. 잘 생각하고 행동할게요.

사실 아무 생각이 없었다. 현수의 생각이 중요한 것도 아니었다. 눈앞에 닥친 이 문제는 메시지를 보낸 사람의 의도에 달려 있었다. 단순히 현수에게 겁을 주겠다는 건지, 한 번만 더 글을 올렸다간 쥐도 새도 모르게 없애겠다는 건지… 생각하다가 현수는 머리를 움켜쥐었다.

이 아르바이트에는 뭔가가 있었다. 아르바이트를 빌미로 한 어떤 숨은 의도가.

세라의 심중에 들어앉았을 뭔가가 현수의 머릿속에서 어른거렸다. 송찬우가 어떤 사람인지, 현수가 글을 올릴 경우 그가 어떤 행동을 취할지 세라는 알고 있었을 거다. 세라는 현수가 직접 송찬우와 만나기를 원했던 거다. 세라 자신도 아니고, 다른 그 누구도 아닌 현수가 송찬우를 만나야 할 이유가 있다는 뜻이다. 컴퓨터를 할 줄 모른다는 거짓말부터 세 살짜리 아이를 입양시켰던 과거까지, 쉽게 드러날 사실들을 굳이 숨기는 시늉을 한 뒤에 정숙과의 대화를 통해 현수 스스로 그 사실을 알아내게 한 것처럼.

그런데 왜?

세라가 현수를 통해 송찬우의 접근을 유도한 거라면… 이번에는 어떤 사실을 알아내게 하고 싶은 걸까. 무엇을 맞닥뜨리게 하려는 걸까. 이 모든 상황이 세라가 오래된 우물… 데린쿠유 속으로 현수를 빨아들이는 음모처럼 느껴져 머리에 쥐가 내릴 지경이었다. 손가락을 세워 머리를 벅벅 긁어도 이런저런 생각이 서로 부딪치며 돌아다니는지 머릿속 근질거림은 사라지지 않았다. 현수는 휴대폰을 집어 들었다. 무슨 일이 생기든 책임은 세라 스스로 지겠다고 했다. 주소록에서 세라의 이름을 찾아 클릭하려는데 전화벨이 울렸다. 낯선 번호였다.

"민현수 씨?"

"네?"

"민현수 씨 맞습니까?"

"잠시만요."

현수는 휴대폰을 귀에 댄 채 철공소를 나왔다.

"네, 말씀하세요."

느낌상 스팸 전화는 아니었다. 틀림없이 페이스북에서 메시지를 보낸 사람이었다.

"여어, 민현수."

전화 속 남자의 말투가 유들유들하게 바뀌었다.

"거 덩치 한번 푸짐하네."

계단 밑에서 시비조의 목소리가 날아왔다. 남자 두 명이 건물 출입구 양쪽에서 현수를 쳐다보고 있었다. 현수 또래의 남자는 가죽잠바를 입고 있었고, 조금 뒤에 물러선 중년남자는 유행 지난 코트차림이었다.

"누구신지……?"

현수가 물었다. 목소리가 잘 나오지 않았다. 코트를 입은 중년이 충치가 있을 것 같은 이를 보이며 웃었다. 상대를 만만하게 보는 웃음이었다. 가죽잠바가 엉거주춤하게 서 있는 현수를 향해 성큼성큼 계단을 올라왔다. 불길한 예감은 틀리는 법이 없다.

안지숙

1961년 부산에서 태어났다. 오랫동안 문화기획사에서 일하며 여러 책을 집필했고, 실제 생존자와 사망자의 가족 이야기를 다룬 기록『1995년 서울, 삼풍』을 공저했다. 2016년 비정규직 인생으로 살아온 애환을 담은 소설집『내게 없는 미홍의 밝음』을 냈다. 앞으로도 꾸준히 읽고 생각하고 쓸 예정이다. 현재 두 번째 장편소설을 집필 중이다.

:: 산지니 · 해피북미디어가 펴낸 큰글씨책 ::

문학 ────────────────

보약과 상약 김소희 지음

우리들은 없어지지 않았어 이병철 산문집

닥터 아나키스트 정영인 지음

팔팔 끓고 나서 4분간 정우련 소설집

실금 하나 정정화 소설집

시로부터 최영철 산문집

베를린 육아 1년 남정미 지음

유방암이지만 비키니는 입고 싶어 미스킴라일락 지음

내가 선택한 일터, 싱가포르에서 임효진 지음

내일을 생각하는 오늘의 식탁 전혜연 지음

이렇게 웃고 살아도 되나 조혜원 지음

랑(전2권) 김문주 장편소설

데린쿠유(전2권) 안지숙 장편소설

볼리비아 우표(전2권) 강이라 소설집

마니석, 고요한 울림(전2권) 페마체덴 지음 ǀ 김미헌 옮김

방마다 문이 열리고 최시은 소설집

해상화열전(전6권) 한방경 지음 ǀ 김영옥 옮김

유산(전2권) 박정선 장편소설

신불산(전2권) 안재성 지음

나의 아버지 박판수(전2권) 안재성 지음

나는 장성택입니다(전2권) 정광모 소설집

우리들, 킴(전2권) 황은덕 소설집

거기서, 도란도란(전2권) 이상섭 팩션집

폭식광대 권리 소설집

생각하는 사람들(전2권) 정영선 장편소설

삼겹살(전2권) 정형남 장편소설

1980(전2권) 노재열 장편소설

물의 시간(전2권) 정영선 장편소설

나는 나(전2권) 가네코 후미코 옥중수기

토스쿠(전2권) 정광모 장편소설

가을의 유머 박정선 장편소설

붉은 등, 닫힌 문, 출구 없음(전2권) 김비 장편소설

편지 정태규 창작집

진경산수 정형남 소설집

노루뚱 정형남 소설집

유마도(전2권) 강남주 장편소설

레드 아일랜드(전2권) 김유철 장편소설

화염의 탑(전2권) 후루카와 가오루 지음 ǀ 조정민 옮김

감꽃 떨어질 때(전2권) 정형남 장편소설

칼춤(전2권) 김춘복 장편소설

목화-소설 문익점(전2권) 표성흠 장편소설

번개와 천둥(전2권) 이규정 장편소설

밤의 눈(전2권) 조갑상 장편소설

사할린(전5권) 이규정 현장취재 장편소설

테하차피의 달 조갑상 소설집

무위능력 김종목 시조집

금정산을 보냈다 최영철 시집

인문 ────────────────

엔딩 노트 이기숙 지음

시칠리아 풍경 아서 스탠리 리그스 지음 ǀ 김희정 옮김

고종, 근대 지식을 읽다 윤지양 지음

골목상인 분투기 이정식 지음

다시 시월 1979 10 · 16부마항쟁연구소 엮음

중국 내셔널리즘 오노데라 시로 지음 ǀ 김하림 옮김

파리의 독립운동가 서영해 정상천 지음

삼국유사, 바다를 만나다 정천구 지음

대한민국 명찰답사 33 한정갑 지음

효 사상과 불교 도웅스님 지음

지역에서 행복하게 출판하기 강수걸 외 지음

재미있는 사찰이야기 한정갑 지음

귀농, 참 좋다 장병윤 지음

당당한 안녕-죽음을 배우다 이기숙 지음

모녀5세대 이기숙 지음

한 권으로 읽는 중국문화 공봉진 · 이강인 · 조윤경 지음

차의 책 The Book of Tea
오카쿠라 텐신 지음 ǀ 정천구 옮김

불교(佛敎)와 마음 황정원 지음

논어, 그 일상의 정치(전5권) 정천구 지음

중용, 어울림의 길(전3권) 정천구 지음

맹자, 시대를 찌르다(전5권) 정천구 지음

한비자, 난세의 통치학(전5권) 정천구 지음

대학, 정치를 배우다(전4권) 정천구 지음